身代わり伯爵と白薔薇の王子様

清家未森

16866

角川ビーンズ文庫

身代わり伯爵と白薔薇の王子様

CONTENTS

ジャック
シアラン騎士団第五師団長。
イゼルス
シアラン騎士団第五師団副長。
テオバルト
ミレーユに心酔し「アニキ」と呼ぶ。
ロジオン
シアラン騎士団第五師団隊士。
アレックス
シアラン騎士団の書記官。女顔同盟結成の仲間。
ミレーユ
元気で貧乳で家族想いの少女。特技の男装を活かし(!?)、現在はシアラン騎士団に隊士として潜入中。
舎弟たち
テオの用心棒たち。ミレーユを慕う。

身代わり伯爵と白薔薇の王子様 CHARACTERS
ヴィルフリート
アルテマリスの第二王子。
アンジェリカ
フレッドの部下。
フレッド
ミレーユの双子の兄。
リヒャルト
ミレーユの双子の兄・フレッドの親友&副官。苦労性の好青年だが、ミレーユが絡むと激しい一面も。
エルミアーナ
大公の妹。夢見がち。
ヒース
シアランの神官&怪盗。

本文イラスト／ねぎしきょうこ

身代わり伯爵と午後の訪問者

「すみません。上官命令でお迎《むか》えにきました。――ひきつづき護衛をしろということで」

帽子《ぼうし》をとってそう言った青年を、ミレーユは呆《ほう》けたように見つめていた。

明るいきれいな茶色の髪《かみ》に鳶色《とびいろ》の瞳《ひとみ》。優《やさ》しげな顔立ちの彼は、ほんの少し前まで自分の護衛役だった人だ。

「え……、な、なんでリヒャルトが？」

目を丸くして歩み寄ろうとし、はっと床《ゆか》に落ちていた紙きれを見る。届いたばかりの兄からの手紙だ。

「これ……、迎えの人間って、リヒャルトのこと？　ていうかこれってフレッドの悪ふざけじゃないのっ？」

「ええ。本当の話です。残念ながら」

困ったような笑顔《えがお》と甘い声は、確かに彼のものだ。あまりに突然《とつぜん》の再会のせいで現実離《ばな》れして見えたが、その笑顔はミレーユの心を変わらず弾《はず》ませた。

「え……と、よくわかんないんだけど、まあとにかく入って！　こっちこっち」

店先にある小さなテーブルへと案内する。彼は店の奥と入口の扉《とびら》を見比べた。

「いいえ、邪魔《じゃま》になりそうなので」

「いいのよ、この時間はひまだから。それにお客さんが来ても、ここに座ってれば別に邪魔になんかならないわ」

ミレーユは強引《ごういん》に背中を押して彼を座らせると、いそいそと踵《きびす》を返した。

手洗い用の盥《たらい》を用意し、それをリヒャルトに渡《わた》すと、また奥に引っ込んで思いつく限りのものを盆《ぼん》に載《の》せて戻《もど》る。

「おじいちゃんが奥で一服してたから、ちょうどよかったわ。お茶でいい？」

「あ……、ではダニエルさんにご挨拶《あいさつ》を」

「ううん、あとでいいって言ってたわよ。昼寝《ひるね》したいみたい」

のんびり間食をとっていたのに急に大あくびなどして、唐突《とうとつ》ではあったが。準備に忙《いそが》しくて深く気にはしなかった。

「ママが出かけてるから、あたし一人じゃ大したもてなしもできないけど……」

申し訳なく思いながら言うと、手を清めていたリヒャルトが微笑《ほほえ》んだ。

「あなたが一人いてくれるだけで、俺にとっては最高のもてなしですよ」

「えっ……、あ、そう？　ならいいんだけど」

ミレーユは少し顔を赤くして食器を並べる。久々のリヒャルト節は相変わらず心臓に悪い。

「じゃあ、お茶会にしましょ。あなたがいつも王宮でやってるのと比べたら、質素でつまんないかもしれないけど」

「そんなことないですよ。あなたが用意してくれたと思うと、このパンやジャムの瓶《びん》が宝石みたいに輝《かがや》いて見えます」

「う……、わ、わかったわよ、もう王宮と比べるようなこと言わないからっ」

さらに赤面しながらミレーユは茶をカップに注いだ。琥珀色《こはくいろ》の液体から涼《すず》やかな花の香《かお》りが立ち上る。

「おじいちゃんの友達のおじさんがくれたやつでね、気分が良くなる薬草が入ってるんですって。あたしも飲んだことあるけど、なかなかおいしかったわ」

お茶会なんて優雅《ゆうが》なこととは無縁《むえん》だが、せっかくリヒャルトが来てくれたのだからと、王宮で見たことを精一杯《せいいっぱい》思い出しながらミレーユは続けた。

「で、これはママ特製のジャムなの。右から杏《あんず》、木苺《きいちご》、無花果《いちじく》。それからこっちは、ママが作ったさくらんぼのタルト。すっごくおいしいのよ。あたしもたまに真似《まね》して作るんだけど、いまいちうまくできないのよね……」

難しい顔つきでタルトを眺《なが》めるミレーユを、リヒャルトは微笑んで見つめている。

思いがけず始まった二人きりの茶会には、高価な茶器も芸術品のようなお菓子《かし》もない。けれどもそれは、外から聞こえる街の雑踏《ざっとう》さえ心地《ここち》よく思えるほどに穏《おだ》やかな時間を運んできた。突然の再会のぎこちなさも難なく吹《ふ》き消してしまうような、心安らかな空気がある。

「でもあなたはお菓子作りは上手だって、ジュリア様が仰《おっしゃ》ってましたよ」

「そんなことないわよ。パンに比べたら……って、なんで知ってるの？」

「ここへ来る時にジュリア様にお会いしたんです。それで少しお話を」

「じゃあ買い物中に会ったのね。他《ほか》に何か言ってた？」

「ええ。思いきり耳を引っ張られて、この変質者って言われました」

「な……⁉　なに、それっ」

目をむくミレーユに、リヒャルトも苦笑《くしよう》で応じた。

「店のほうを物陰《ものかげ》から窺《うかが》うようなそぶりをしていた俺が悪いんですよ。どうやらエドゥアルト様と間違《まちが》えられたようで」

「ああ……パパはしょっちゅうそんなことしてたみたいだもんね……。それにしても変質者はひどいわ。ごめんね」

「いえ、ジュリア様もすぐ誤解に気づかれて、謝ってくださいましたし」

「……でも、なんで物陰から見てたの？　いつでも入ってきてよかったのに」

不思議に思ってミレーユが訊《たず》ねると、リヒャルトは言葉に詰《つ》まったようだった。

「いや、別に物陰から見ようと思って見ていたわけじゃなくて……、たまたま位置的に物陰だっただけで」

「あら。パパもよくそう言うって聞いたわ」

リヒャルトは少し気まずそうに咳払《せきばら》いし、さりげなく話を変えた。

「でも、よかった。元気そうですね。あの舞踏会《ぶとうかい》の夜もあまり話せなかったし、気になっていたんですよ。手紙が届いた時、あなたはもうリゼランドに発《た》った後だったから会いにもいけなくて」

「ああ、そう、ね……」

急に話が変わって怪訝《けげん》に思いながら、ミレーユはふと彼を見つめた。

フレッドに巻き込まれた形で身代わり作戦に関《かか》わっていただけのはずなのに、ミレーユ本人としても会いたいと思ってくれたのだろうか？　あの夜は結局、そんなことは訊《き》けなかったけれど――。

（そうよ、あの花火のあと、寒いから中で話そうってなったのに、どこからともなくやたら楽しげなフレッドと殺気立ったパパが現れて、急に帰ることになっちゃって……）

そのままほとんどうやむやに別れ、それきり彼とは会っていなかった。だから翌日手紙を出したのだ。

「そうだ、手紙を読んだわ。あなたってきれいな文章を書くのね。『夢の中であなたに会えると気づいたから、夜がくるのが待ち遠しい』とか、『西の空を眺めてあなたのことをいつも考えています』とか。騎士《きし》って文才もあるのねぇ」

先日届いた返事のことを思い出してミレーユが感心していると、茶を飲んでいたリヒャルトは少し照れたように笑った。

「文才だなんて。単に本当のことを書いただけですよ」

「でも、単なる近況《きんきよう》報告をあんなふうにロマンチックに書けるなんて、すごい才能だと思うけど」

「それは……」

リヒャルトは何か言いかけた言葉を呑《の》みこみ、微笑んで続けた。

「あなたがそういうふうに書かせてくれたんだと思いますね」

「え……？　あたし？」

「ええ。あなたの手紙の内容に報《むく》いたくて書いたものですから」

思わぬことを言われて、ミレーユは首をひねった。そんなにリヒャルトの胸に感動を巻き起こすようなことを書いた覚えはないのだが――。

(もっとたくさん話したかったとか、このまま帰るのは残念だとか、そんな普通《ふつう》のことしか書いてないはずだけどな)

そもそも彼は普段《ふだん》から少し大げさなところがある人だ。今の発言もそうなのだろうと、自分を納得《なっとく》させる。

「ええと、とにかく、あの手紙は嬉《うれ》しかったわ。リゼランドに帰ったらもう忘れられちゃうかもって思ってたから」

兄の身代わりとしてアルテマリスへ行くのは、きっと最初で最後の一度きり。その時は護衛として親しくしてくれても、時が経《た》てば過去の任務の一つとして記憶《きおく》も薄《うす》れてしまうだろう。残念だけれどそれは仕方がないと思っていた。だから、彼が来てくれたのが嬉しかった。

(――ん？　でもさっき、確か……ひきつづき護衛とか言ってなかったっけ)

ふと引っかかってミレーユは眉《まゆ》を寄せる。と、リヒャルトがぽつりとつぶやいた。

「忘れる……？」

「えっ？」

顔をあげたミレーユは、どきっとして口をつぐむ。リヒャルトがじっと見つめていたのだ。

彼はゆっくりと手を伸《の》ばし、ミレーユの口元に触《ふ》れた。

「忘れられませんよ。あなたみたいな楽しくて可愛《かわい》い人のこと」

「へ……、あ……」

「そんなに記憶力の悪い男に見えますか？」

「うっ……ううんっ、みみみ見えないですっ」

動揺《どうよう》のあまりつい敬語で言い返してしまうミレーユを、リヒャルトは少し不思議そうな顔で見つめたが、やがて微笑んだ。

「クリームがついてます」

「へっ」

指先でミレーユの唇《くちびる》の端《はし》を軽くぬぐい、彼はそれをぺろりと舐《な》めた。間の抜《ぬ》けた顔で見返したミレーユは、みるみる頰《ほお》を赤くした。

（この人……相変わらずまぎらわしいわ！　そしてあたしも相変わらず恰好《かっこう》つかなすぎよっ。子どもじゃないんだから……）

この人のこれさえなければ、もっと心穏《こころおだ》やかに仲良くなれそうな気がするのにと思わずにはいられない。

「俺のほうこそ、ひょっとして忘れられてるんじゃないかと思っていましたよ。だからあなたが笑顔《えがお》で迎《むか》えてくれた時は嬉しかったな」

しみじみとした調子で言われ、ミレーユは意外な思いで目を瞠《みは》った。

「まさか。忘れるわけないじゃない。あんな強烈《きょうれつ》な経験、一生に二度とないんだから。それを一緒《いっしょ》に過ごした人のことなのよ。あたしそんなに薄情者《はくじょうもの》じゃないわ」

「そうでしたね」

口をとがらせて言い返すのをリヒャルトは微笑《ほほえ》んで見ている。それでミレーユも気がついた。自分が薄情者と思われたようで心外だったように、彼も同じ思いだったのだろうか。もしそうであるのなら悪いことを言ってしまった。

「まあ、忘れられるっていうのは極端《きょくたん》ですが、よそよそしい態度を取られるかもしれないと少し心配していました」

「ええー、そんなはずないでしょ。あなたって意外と悲観的なところあるのね」

目を丸くして言ったミレーユに、そうなんですよ、とリヒャルトは笑った。つられてミレーユも笑ったが、ふとくすぐったいような気分になって打ち明けた。

「なんか、親戚《しんせき》のお兄ちゃんが久しぶりに遊びに来たっていうか……こういう感じなのかなって、ちょっと思ったのよね。実際は親戚なんていないから、あくまで想像なんだけど」

リヒャルトは瞬《まばた》き、軽く苦笑した。

「親戚のお兄ちゃん、ですか」

「だって、お客さんや近所のみんな以外で訪ねてくる人なんて、めったにいないんだもの。それでいて特別な人っていったら、親戚の人しか想像できないのよ」

「へえ……。でもそれって、かなり重要な存在に聞こえますけど」

「そうよ。もちろん」

ミレーユはうなずき、ふと扉《とびら》のほうへ目をやった。

「ものすごくびっくりしたけど……、またあなたに会えて、嬉しかったわ」

扉をくぐって現れた彼を見た時の気持ちが、ゆっくりと甦《よみがえ》ってくる。

「もっといろいろ話したいこともあったし。フレッドの親友になっちゃって大変だろうけど、見捨てないでやってねとか……他《ほか》にもいろいろ……」

「いろいろ?」

「うん。舞踏会のダンスの時、いっぱい足踏《ふ》んじゃってごめんねとか……。普通ああいう時って、女の人は足踏まないものでしょ?」

「まあ、そうですね。初々《ういうい》しくて新鮮《しんせん》でした」

あっさりと楽しそうに言われ、ミレーユは、ぐっと詰まった。

「わ、悪かったわね、初心者なんだからしょうがないじゃない。だいたいね、あれはあなたも悪いのよ。急にあんな展開になったら誰《だれ》だって緊張《きんちょう》して足踏みまくったりするわよっ」

謝るつもりが逆に怒《おこ》ってしまいながら二個目のタルトにかぶりつくミレーユに、リヒャルトは驚《おどろ》いたようだった。

「褒《ほ》めたんですよ。初々しいって」

「うそよ。何百回も足を踏まれた人が、踏んだ相手を褒めるわけないわ」

「何百回って……、それほとんど踏まれっぱなしじゃないですか。そんなには踏まれてませんよ。拗《す》ねないでください」

リヒャルトが困った顔でなだめるが、ミレーユのほうも引っ込みがつかない。

「別に拗ねてなんかないわよ。どうせもうあんなこと二度とないんだし、もっと上手な人がいっぱいいるんでしょうから、その人たちと踊《おど》ればいいじゃない」

あの時は下手なりにとても楽しかったというのに、どうして今になってこんなふうにいじけた気分になるのだろう。彼に会えて嬉しいはずなのに――。

と、タルトを匙《さじ》でつついていたら、そっと手をつかまれた。

「だったら、次に俺と踊る時には踏まないようにしたらいいじゃないですか」

「……次？」

「ええ。その時まで、他の誰とも踊らずに待っていますから」

思わぬことを言われ、ミレーユは目を見開いて彼を見つめた。

厄介《やっかい》事を運んできた使者を見たら、彼女は一体どんな反応をするだろう。ものすごく嫌《いや》な顔をされるのではないか。――はるばるアルテマリスから来て、パン屋〈オールセン〉に辿《たど》り着き、扉を開ける時まで気がかりはやまなかった。

正直、気乗りしない任務だった。フレッドとジークが何を企《たくら》んでいるのかがわかりすぎるほどだったし、フレッドだけならともかくジークが絡《から》むと大抵《たいてい》ろくなことにならない。もちろん、ミレーユにまた会えるのは楽しみではあったのだが――。

ジュリアに見つかったのは、路地でそうして考え込んでいた時だった。

『フレッドが言ってたけど……、あなたミレーユの恋人《こいびと》ってほんと？』

人違《ひとちが》いの暴言を詫《わ》びるやそんな質問を浴びせてきた彼女は、リヒャルトが否定するとあっさり納得した。

『そうよねぇ。まさかミレーユにこんな……』

何が「まさか」なのかわからなかったが、随分《ずいぶん》話は回っているようだった。ダニエルの不自然な『昼寝《ひるね》』発言もそれと関係しているに違いない。

ミレーユに『親戚のお兄ちゃん』扱《あつか》いされた時は、微笑ましく思いつつも実は少しだけがっくり来たのだが――自分で関係を否定しておいて落ち込む道理はないだろう。

（――たぶん、それくらいの距離感《きょりかん》でいるのがちょうどいい）

フレッドの妹だからというだけでなく自分にとっても大切な人として、遠くからでもいいからずっと見守っていければ、それでいい。

「……次って、どういうこと？」

戸惑《とまど》った様子のミレーユに、リヒャルトはジークから預かってきた手紙を差し出した。

「次にアルテマリスに来たら、という意味ですよ。まあ、次回は踊る機会があるかはわかりませんが」

「は？　アルテマリス？」

混乱したようにミレーユが手紙を開く。目を通していた彼女の顔に、みるみる不穏《ふおん》な色が浮《う》かぶのをリヒャルトは訝《いぶか》しげに見つめた。

「なに？　これ……。また王宮に来て身代わりをやれって書いてあるけど……」

「ええ。──本当にフレッドから聞いてないんですか？」

予測がつくようになってしまった癇癪《かんしゃく》の爆発《ばくはつ》の予兆に気づき、リヒャルトがたじろぎながら訊《たず》ねると、ミレーユはだんっと手紙をテーブルに叩《たた》きつけた。

「なんなのよこれぇ！　王太子のくせに脅迫状《きょうはくじょう》なんて書いていいわけ⁉」

「脅迫？」

見れば、『とりあえず今すぐアルテマリスへ来い。従わなければ、どうなるかわかっているだろうな？　王太子たる私は指一本できみの父と兄の首を飛ばすことができるのだよ。フフフ……』などと書かれている。実際そんなことをしたこともないくせに、すぐ悪役ぶりたがるのがジークの悪い癖《くせ》だ。

それにしても、フレッドからの手紙を読んだはずなのにミレーユは今ようやく事態を把握《はあく》したらしい。

「いいわよ、行ってやるわよ。行けばいいんでしょ行けば！　こっちだってねえ、ジークやら筋肉集団やらに山ほど言ってやりたいことがあったのよ！　ちょうどよかったわよほんとにっ！」

何やらやけくそのようにも聞こえる心情を激白して、ミレーユは一転、深いため息をついた。

「また男の恰好《かっこう》しなきゃいけないの？　しかもあんなキラキラして毒々しい王宮で……。今はここから離《はな》れてる場合じゃないのに……フレッドの馬鹿《ばか》……」

「ミレーユ……」

怒《いか》りのせいか本音と建前が混濁《こんだく》しているようだ。あらためて気の毒さがこみあげ、リヒャルトは彼女の肩《かた》に触《ふ》れた。

「俺がいても、だめですか？」

「えっ」

驚いたように顔をあげ、ミレーユは少し頰《ほお》を赤らめた。しばし考えるように黙《だま》り込み、首を振《ふ》る。

「そんなことないわ。頼《たよ》りにしてるわよ。そうよね、なんだか知らないけど、さっさとジークたちをとっちめて帰ってくればいいのよね！」

気力を取り戻《もど》したらしく、ミレーユは笑顔《えがお》で立ち上がるとテーブルの上を片付けた。

「待ってて、急いで支度《したく》してくるわ！」

盆《ぼん》を持って元気よく店の奥へ消えていった後ろ姿に、リヒャルトは微笑んでつぶやいた。

「――待ってますよ。いくらでも」

二人きりの茶会が終わってしまうのは残念だが、これから始まる新しい日々の魅力《みりょく》には、勝てそうもない。

その後、娘《むすめ》と再会した喜びで暴走したエドゥアルトの行為《こうい》により、せっかくのやる気を削《そ》がれてやさぐれまくったミレーユをなだめることになるのは、まだ先の話である。

身代わり伯爵と
姫君の宝物

「結婚《けっこん》することになりました」

日が落ちて間もない頃《ころ》。今日は王宮中でさまざまな祝宴《しゅくえん》が催《もよお》されているため、白百合《しらゆり》の宮も人はまばらである。部屋にいるのもセシリアと、たった今衝撃《しょうげき》発言した彼――白百合騎士《きし》団副長のカイン・ゼルフィード子爵《ししゃく》のみだ。

「そ……、そうなの。それはおめでとう」

開口一番そう言われて唖然《あぜん》としながらもとりあえず祝いを述べると、カインは軽く会釈《えしゃく》をした。昼間はぼんやりしている彼だが、日の落ちた今は割合しゃきっとした顔つきをしている。

どうやら寝言《ねごと》を言ったわけではないらしい。

「それで……お相手はどなたなの？」

「シルフレイア姫《ひめ》です」

「えっ。シルフレイアさま……⁉」

セシリアは目を丸くした。今宵《こよい》の宴《うたげ》は他《ほか》でもない、そのシルフレイアのコンフィールド公爵を祝うものなのだ。

「もしかして、陛下のご命令なの？」

「いえ、本人同士で決めたことです。無論陛下のお許しはいただきましたが。急な話ですが、あちらから求婚《きゅうこん》されまして」

「あちらからっ？」

ひんやりとした印象のある美しい黒髪《くろかみ》の姫を思い出し、セシリアは驚《おどろ》いた。そんなに積極的な人だったとは意外だ。

「知らなかったわ。あなたたちがそんな関係になっていただなんて……。一体、いつそんなお話があったの」

「三時間ほど前です」

「今日なの⁉」

つまり婚約《こんやく》ほやほやというわけだ。

幽霊《ゆうれい》の友達は多いが人間とは付き合いづらいと自他共に認める彼と、心霊現象や魔術など神秘的なものを愛するシルフレイア。似た者同士であるのはわかるが、まさか恋《こい》が芽生えていたなんて。

「いずれ私もコンフィールドへ参ることになります。いつまで殿下《でんか》のお側《そば》にお仕えすることができるかわかりませんので、ご報告に」

「あ……、ええ、そうね」

冷静な顔で説明したカインにセシリアはうなずいたが、ずっと気になりながらも口に出せずにいたことを思い切って訊《き》いてみた。

「子爵、その……」

「は」

「……大丈夫《だいじょうぶ》なの？　さっきからずっと猫《ねこ》に引っかかれているけれど……」

いつもは大人しく肩《かた》や頭に乗っている黒猫たちが、なぜか今日は部屋へ入ってきた時からカインを引っかきまくっている。憂愁《ゆうしゅう》ただよう整った面立《おもだ》ちは爪痕《つめあと》だらけで台無しになっていた。

「ご心配なく。悋気《りんき》を起こしているだけですので」

「そ、そう」

猫たちの攻撃《こうげき》を平気な顔で受け続ける彼にたじろいだセシリアだが、ふと今聞いた話を反芻《はんすう》して頬《ほお》を上気させた。

（結婚……。わたくしにもいつかそんな日が来るのかしら。好きな相手と愛を育《はぐく》み、妻にと望まれる日が……）

ちょうど最近そんな恋愛《れんあい》小説を読んだばかりだ。古い時代に書かれた本で続きが絶版になっているため読めないのが残念だったが、久々に心躍《おど》る物語だった。

その本を贈《おく》ってくれたのは、セシリアの『王子様』だ。

（伯爵だったら、なんて言ってくれるのかしら。そんなとき……）

きっとすばらしい演出をして、甘く心をとろかせてくれることだろう。

ぼんやりと夢の世界に突入《とつにゅう》しかけたが、ふと視線を感じて我に返る。

「……な、何かしら、子爵。わたくしは別に、おかしな想像などしてなくてよ？　変な目で見ないでちょうだい」

内心慌《あわ》てて表情を戻《もど》し、つんとしてそう言ったが、カインは静かな目つきでセシリアの肩のあたりをじっと見ている。

「いえ。殿下の背後におられる守護霊殿《しゅごれいどの》を見ておりました。今日は天気が良いので体調がいまいちだと、機嫌《きげん》がよろしくないようで――」

「霊の話はおやめっ！」

相変わらず口を開けば守護霊の観察結果しか述べない彼に、顔を引きつらせた時だった。

「――姫様っ、一大事でございます！」

突然《とつぜん》、勢いよく扉《とびら》が開け放たれ、侍女《じじょ》のローズがあたふたと駆《か》け込んできた。

「フレデリックさまが……、フレデリックさまが、シルフレイア姫と人目を忍《しの》んで逢《あ》い引きしておられるそうですっ！」

青ざめた彼女の報告にセシリアは目をむいて立ち上がった。

「なんですって!?」

「しかも、恋人《こいびと》たち御用達《ごようたし》の秘密倶楽部《くらぶ》に入っていかれたとか……！」

「な……」

一瞬呆然《いっしゅんぼうぜん》としたセシリアは、やがてわなわなと震《ふる》えだし、鬼《おに》の形相になった。飲みさしの茶が入ったカップが、怒《いか》れる彼女の握力《あくりょく》でバキリと砕《くだ》ける。

「あのっ……最低の女たらし……っっ!!」

この世には自分の知らない世界が七つ存在する——ということわざがあるが、その場所はセシリアの想像をはるかに超《こ》えたものだった。

「一体なにごとなの、この騒《さわ》ぎは……!」

細い階段を下りたところにあった地下のフロアは、煌々《こうこう》と明かりが灯《とも》されているにもかかわらず退廃《たいはい》的な空気がよどんでいる。フロア内は衝立《ついたて》でいくつかに仕切られており、一区画ごとに何かの催しが行われているようだ。何より異様な感じを受けるのは、行き交《か》う男女の半数ほどもが、顔の上半分が隠《かく》れる仮面をつけていることだった。

セシリアはフードの端《はし》をきつく指で押さえながら、呆然《ぼうぜん》としてつぶやく。

「こんなものが王宮の地下で開かれていただなんて……。子爵、あなた、知っていたの?」

「今宵は王宮中で慶事《けいじ》を祝う宴が開かれております。この集会もその一環《いっかん》でしょう。特にいかがわしい集まりではありません」

「充分《じゅうぶん》いかがわしいでしょう! ここの入室条件は一体どういうことなの。男女二人組、もっと有り体に言えば、恋人同士しか入ることができないだなんて!」

人知れず逢い引きをしているという二人が恋人同士しか入れない集会に参加していると聞けば、黙《だま》っていられるわけがない。

(きっととんでもなくあやしくて、ふしだらな集会に違《ちが》いないわ。そんなところに他人の許《い》嫁《なずけ》を連れていくなんて……。そんな不埒《ふらち》な真似《まね》、主《あるじ》として許しておくわけにはいかないわ！）

というわけで、カインを引っ張って乗り込んできたのである。

「おそらく殿下は誤解しておられます。ここで行われているのは、世界中から集められた様々なものをあくまで遊戯《ゆうぎ》の景品として手に入れる、金銭の絡《から》まない競売のようなものです。入室条件は主催者《しゅさいしゃ》の洒落《しゃれ》に過ぎません」

「おだまりっ。いいから早く伯爵《はくしゃく》たちをお捜《さが》しなさい！　彼が本気を出したら、どんな女性でも虜《とりこ》にしてしまうのよ！」

例えば、他でもないセシリアのように、だ。

許嫁をとられそうな危機だというのにまったく慌てていないカインを叱《しか》りつけ、セシリアは衝立で仕切られた向こう側を一つ一つのぞきながら奥へ向かう。行われている催しは様々だった。道化《どうけ》の恰好《かっこう》をした男が紙芝居《かみしばい》を披露《ひろう》するのを観客たちが涙《なみだ》ながらに見入っていたり、弦楽《げんがっ》器《き》をかき鳴らす女性を囲んで身体《からだ》を揺《ゆ》らしながら合唱していたり、仮面をつけた年かさの紳士《しんし》たちが真剣《しんけん》な様子でカード遊びに興じていたり――。

（おかしな秘密集会ね。伯爵とシルフレイアさまは、なぜこんなところへ……）

あらためて不審《ふしん》に思いながら、最奥の区画まで来た時だった。目当ての二人組がそこにいるのを発見したセシリアは、咄嗟《とっさ》に衝立の陰《かげ》にカインごと隠れた。

「子爵《ししゃく》、あそこよ、二人がいるわ！」

中にはL字型に机がいくつか並べられており、一つの机に男女一組ずつそれぞれ座っている。

その右から二番目の机に伯爵は陣取《じんど》っていた。隣《となり》の女性は仮面を装着しているが、背恰好《せかっこう》や髪《かみ》型《がた》からしてシルフレイアに間違《まちが》いない。

セシリアは憤怒《ふんぬ》の形相になりかけたが、伯爵たちの隣にいる男女に気づいてぎょっとした。

（ラドフォード卿《きょう》まで……！　そ、その隣の女の人は誰《だれ》なの⁉）

豊かな髪《かみ》は金色で、仮面に覆《おお》われていない口元は上品かつ色気を感じさせる。リヒャルトも優《やさ》しい眼差《まなざ》しで彼女を見ているし、かなり親しげな様子だ。腕《うで》を組んでぴったりくっついている二人をセシリアは思わずまじまじと観察する。

（王太子殿下の婚約《こんやく》披露宴《ひろうえん》でご一緒《いっしょ》だった方とは違うみたい……。いいえ、同じ方かしら？　仮面をつけているから顔がわからないわ。彼がこんないかがわしい場所に女連れで来るだなんて……！）

普段《ふだん》真面目《まじめ》な彼の隠された一面を見てショックを受けていると、前方の幕をかき分けて仮面をつけた男が出てきた。

「さあさあ、他《ほか》に参加希望者はいらっしゃいませんかー？　優勝した方には超豪華《ちょうごうか》なお宝を賞品として差し上げますよー」

進行役らしい仮面の男の口上に、出場者の男女や周囲の見物客らが意味ありげにざわめく。彼らの視線が向いているのは、壇上《だんじょう》にある布の掛《か》かった台だ。

（賞品……？　なんだかあやしげだけれど、みんなそれを手に入れるために出場しているようだわ。伯爵もそれが目的なのかしら。それにしたって、なぜシルフレイアさまと組む必要があるの……？）

見れば、伯爵とシルフレイアが手を繋《つな》ぎ、見つめ合って「頑張《がんば》りましょうね！」とうなずき合っている。このまま同じ目的に向かって進めば二人はますます親しくなってしまいそうだ。

（そんなこと、許さなくてよ……！）

セシリアは咄嗟に隣のカインの腕をつかみ、手をあげて宣言した。

「わたくしたちも出場するわ！」

こうなったら意地だ。彼らが優勝賞品を手に入れるため参加しているというなら、それを阻《そ》止《し》してやる。

「おお、これはこれは、可愛《かわい》らしいお嬢《じょう》さんの参戦だ。ではどうぞこちらへ」

進行役が大げさな身振《みぶ》りで席を示す。勇んでそちらへ向かうセシリアに、カインがひそかな声で念を押した。

「本当によろしいのですか、殿下《でんか》」

「何がなの。あなただって邪魔《じゃま》してやりたいでしょう。許嫁が他の男とこんな催《もよお》しに参加して仲良くするだなんて」

「催しの意図をわかっておられるので？」

「意図？　ってなん、なの……」

席に座ったセシリアは、前方に掛かった垂れ幕に気づいて口をつぐんだ。

「それでは始めましょう！　第六回『恋人たちのいちゃいちゃ自慢《じまん》・愛してるのは君だけだ』

大会！　他人の色恋沙汰《いろこいざた》を笑って聞き流せない心に余裕《よゆう》のない紳士淑女《しんししゅくじょ》は、観覧をご遠慮《えんりょ》くださーい。何があっても責任は取れませんよー！」

（な……、なんですって⁉）

ようやくこれがどんな催しなのか理解した時には既《すで》に遅《おそ》く、大会はムンムンとした熱気とともに始まってしまったのだった。

「――では、私がこれからいくつか質問をいたします。まずは女性に口頭でお訊《き》きしますので、男性は机にあります紙にその質問に対する答えを書き込んでいただきます！」

仮面の男が手順を説明する中、セシリアはちらちらと視線を走らせていた。L字の端と端に席が作られたせいで、ここからは伯爵たちのことがよく見える。

「ここで重要なのは、男性は女性に答えが見えないようにして書いていただきたいということです。なぜならこの大会は、お二人の解答がぴたりと一致《いっち》するか否《いな》かによって愛の深さを確かめ、競《きそ》うものだからです！」

おおー、というどよめきが観客のほうからわき上がった。

参加者である恋人たちは照れたように顔を見合わせたり、手を握《にぎ》って言葉を交《か》わしたりと熱々ぶりを披露している。猫《ねこ》を肩《かた》に乗せた青年とフードを目深《まぶか》にかぶった少女という組み合わせははっきり言って浮《う》いていたが、皆《みな》自分の恋人《こいびと》のことしか目に入っていないらしく、奇異《きい》な視線を向けられることはなかった。

（……でも、困ったわね。伯爵たちを邪魔してやろうと思って参加したはよいけれど、わたくしと子爵にはほとんど接点がないのだったわ）

こんなことで本物の恋人たちに勝てるのだろうかと考えていると、ふと視線を感じた。

見れば、リヒャルトと一緒にいる女性が、じっとこちらを見ている。仮面越《ご》しに目が合った気がしてどきっとした瞬間《しゅんかん》、彼女の口元に笑《え》みが浮かんだ。

（え……？）

セシリアは戸惑《とまど》って見つめたが、彼女はすぐに視線をそらしてしまった。リヒャルトに楽しげに話しかけているところを見ると、こちらに笑いかけたように見えたのも気のせいだったのかもしれない。

「ではまいりましょう、第一問です！」

進行役の男の声と、それに続いた笛の音色に、セシリアははっと視線を戻《もど》した。

「まずはお二人がどれだけお熱いのかをうかがいたいと思います。この質問は解答の一致を競うものではありませんが、私の一存にて点数を加算させていただきます。――ずばり、『お互《たが》いのどこが好き？』！」

きゃあ、と女性たちの楽しげな声と、それを囃《はや》すような声が観客から飛ぶ。

セシリアは隣に端然《たんぜん》と座るカインを見上げ、首を傾《かし》げた。

（どこが好き……？　そんなこと、考えたことがないわ）

他の大人たちに比べればいくらか親しい間柄《あいだがら》とはいえ、私生活のことで知っていることといえば、猫と幽霊《ゆうれい》が好きだということくらいだ。

（……子爵の長所……うーん……）

「では皆様《みなさま》、解答をお願い致《いた》します！」

進行役の催促《さいそく》に、男性陣《じん》が筆記具を走らせる。その後に始まった答え合わせがこの大会の目玉だった。

「──では、こちらの恋人たちからお訊きしていきましょうか」

進行役が見ているのが自分たちのことだと気づき、セシリアは瞬《また》いた。

「まずはお嬢さんのほうに伺《うかが》いますよ。さあ、存分にのろけてください。彼の一番好きなところはどこッ!?」

セシリアは懸命《けんめい》に考え、思いついた長所を口にした。

「……顔？」

「言い切ったあぁ！」

進行役が騒々《そうぞう》しく叫《さけ》んだ。

「実に正直なお答えですねえ！　確かになかなかの美男子でいらっしゃる」

愉快《ゆかい》そうにうなずき、今度は隣のカインの解答板に視線を移す。

「そして彼のほうは、恋人のどこが好きかという問いに……な、なんと『守護霊《しゅごれい》』という予想外すぎる答えを持ってきたぁ！　そんなところまで愛しているなんて！　なんと深い愛でしょうか！」

カインが洒落《しゃれ》を利《き》かせたとでも思っているのだろう、観客たちから笑いが起こる。だが本気の解答だとわかっているセシリアは、清々《すがすが》しすぎる答えに若干脱力《じゃっかんだつりょく》していた。

（生身のわたくしには興味がないようね……子爵……）

こちらも適当な解答をした手前怒《おこ》るわけにもいかない。それに、そんなことより気になることがあった。

（伯爵《はくしゃく》たちはなんて答えたのかしら？）

一つ一つ机を回って解答を訊いていた進行役が、伯爵たちの前で止まった。

「さて、お嬢さん。解答をお願いします」

促《うなが》されたシルフレイアは伯爵をじっと見つめ、考えるように軽く首を傾げる。

「性格でしょうか。優しくて誠実なところが好きです。わたしに対して常に思いやり深く接してくださいます」

（せ……!?）

セシリアは目をむいた。どこをどう付き合えばそんなふうに思えるというのだろう？

（伯爵が誠実だなんて、ありえない！　それとも、わたくしには見せないような顔を、シルフレイアさまには見せているということ……!?）

しかも、伯爵の出した解答板には『お可愛らしいところ』と書かれている。こちらはまあ想定できた答えではあるが、腹の立つことに変わりはない。

（何をぬけぬけと……っ！）

わなわなと怒《いか》りに震《ふる》えながら、机の縁《ふち》を握りしめる。木製のそれがバキッと砕《くだ》けたような音を立てたが、そんなことに構ってはいられない。

机をみしみし言わせながらにらみつけていると、次の恋人たちの解答が耳に入ってきた。

「そうね……。いろいろあるけれど、やっぱり一番は、わたしを恋人に選ぶ審美眼《しんびがん》ってところかしら。ま、こんなに美しいんだから、当然のことだけれどー」

答えているのはリヒャルトの連れの女性だ。相変わらずぴったりと彼にくっつき、「ねー？」と見上げて念を押している。これ見よがしなべたべたぶりにセシリアは思わず眉《まゆ》をひそめた。

（なんて答えなの。それだったら、別に恋人はラドフォード卿じゃなくてもよかったということでしょう。本当にあんな人がいいのかしら。そんなことを言って許されるのは伯爵くらいなものだわ）

つい点が辛《から》くなってしまいながら、リヒャルトを見る。彼が出した解答板に書いてあったのは――。

『一言では言い表せない奥深さ』

（ベタ惚《ぼ》れじゃないのっ！）

騙《だま》されているのか、それとも悟《さと》りきっているのか。彼の寛容《かんよう》さにセシリアは目をむくしかなかった。

続く『お付き合いを始めたのはいつ？』だの『初めて手を繋いだのは？』だのというセシリアにとってはどうでもいい質問と、それに対する恋人たちののろけ爆発《ばくはつ》な解答に会場は沸《わ》き返り、大会は賑《にぎ》やかに進行した。

誰《だれ》もが楽しそうだが、伯爵が出会って『十日』しか経《た》っていないシルフレイアと組んでいることを見せつけられっぱなしのセシリアは、ふくれ面《つら》をやめることができないでいた。

（そんな短いお付き合いの人と組んで出るなんて。わたくしとはもっと付き合いが長いのにっ……）

——やがて、何問か当たり障《さわ》りのない質問が続いた後でそれはやってきた。

「では次の問題です。『初めてキッスをしたのはいつ？』！　お答えください！」

観客がいっそう大きく囃し立てる。もちろん経験はないので自分には関係ないことだと思いながらも、セシリアが頰《ほお》を赤らめた時だった。

「——確認《かくにん》したいのですが。それは口と口で、という意味ですか？」

すっ、と手をあげて訊《たず》ねたシルフレイアに会場の注目が集まった。進行役の男が大きくうなずく。

「箇所《かしょ》はどこでも結構です。ご本人が初めてと認識《にんしき》しておられる時のことをお答えください。それが一致するか否かでまた愛が試《ため》されるわけです！」

「……わかりました」

シルフレイアは静かにうなずいた。

（どうしてそんなことをお訊《き》きになるのかしら、シルフレイアさま……）

「ではまたこちらから訊いていきましょう。どうですか、お嬢《じょう》さん？」

少し不安を覚えているところに、進行役がやってきた。セシリアはますます顔を赤らめ、声をうわずらせた。

「あ、あるわけがないでしょう、そんなことっ」

「おや、そうですか？　しかし彼のほうは違《ちが》う答えのようですよ？」

「えっ？」

「では彼の口からお願いします！」

進行役の催促に、カインが無表情で答える。

「猫《ねこ》」

「猫⁉」

思わず聞き返すセシリアにうなずいたカインは、一転してご機嫌《きげん》な様子の猫たちに頬ずりされている。

（……意味がわからないわ……）

謎《なぞ》すぎる……という認識を噛《か》みしめながらセシリアは彼を見つめていたが、ふと冷たい視線を感じて振《ふ》り返った。

誰もこちらを注視している者はいない。だが気のせいかシルフレイアが見ていたようで、怪《け》訝《げん》に思いつつも、はっと気を引き締《し》める。

(子爵《ししやく》と猫の過去はどうでもいいのだったわ。問題は伯爵とシルフレイアさまよ。いくら女たらしといっても、まさかもう手を出しているだなんてことは……)

緊張《きんちよう》して見つめる中、進行役が件《くだん》の二人の前で止まる。

「ではお嬢さん、答えをどうぞ！」

「今日です」

シルフレイアの早すぎるほどの即答《そくとう》に、セシリアは目をむき、猫たちは毛を逆立てた。

(なんですってぇ!?　このっ、最低最悪の女ったらし——)

しかし彼女の横を見れば、なぜか当の伯爵も目をむいている。彼の書いた板には『まだ』という答えが——。

「え？　あれ？　してないですよね？　ていうか、したんですかっ？」

慌《あわ》てた様子の伯爵に詰《つ》め寄られ、シルフレイアは目を伏《ふ》せた。

「すみません。つい本音が」

「本音!?　ってそれどういう意味——」

「揉《も》め事は後でお願いしまーす！」

進行役の声が割って入る。伯爵はなおも気になるようでシルフレイアを見つめているが、彼女のほうは「以後気をつけます」と冷静に繰《く》り返すばかりだ。

(どうなっているの……？)

伯爵の慌てぶりからして、彼には心当たりがないようだ。とするとシルフレイアの『経験』の相手は誰なのだろう。

（……まさか、子爵？）

猫と幽霊《ゆうれい》にしか興味がない彼に限ってそんなことが――。

（こ……怖《こわ》くて訊けないわ……）

猫たちに攻撃《こうげき》を再開されているカインを横目で見やり、セシリアはごくりと喉《のど》を鳴らした。

「では最後はこちらのお二人です。お嬢さん、答えをお聞かせください！」

呆然《ぼうぜん》としている間に進行役はリヒャルトたちの前まで進んだらしい。仮面の女性が思い出すように指を顎《あご》に当てた。

「そうね～、初めてのキッスは確か、咲《さ》き乱れる薔薇《ばら》の温室だったわ。『薔薇の下で交《か》わしたことは、二人だけの秘密だよ』なんて言って、ちょっと強引《ごういん》に」

ね、と隣《となり》を見て可愛《かわい》らしく念を押す彼女に、セシリアはまたも目をむいた。

（なっ……!? う、うそよ、まさか彼に限ってそんなこと――）

「今日の昼間も温室でしちゃったのよね。うっかり薔薇の鉢《はち》植えに手を突《つ》っ込んで怪我《けが》しちゃったら、『おてんばな妖精《ようせい》さん、俺が消毒してあげるから貸してごらん』って指を舐《な》めてくれたりー」

訊かれてもいないことまでべらべら語る彼女に、隣の机にいた伯爵がぎょっとした顔で身を乗り出した。

「なんでそれ知って……、ていうかそんな台詞《せりふ》聞いてないし！」

「そういうさりげない男らしさにときめいちゃったっていうかー」

「ちょっ……、ち、違《ちが》……っ」

なぜか顔を赤らめて慌てた様子の伯爵《はくしゃく》に、仮面の彼女は見せつけるようにリヒャルトに顔を近づけた。

「ここでもしちゃう？」

「はは、どうしようかな」

「やめてぇ！」

笑ってあしらうリヒャルトと顔を引きつらせている伯爵の反応を見て、セシリアはさらに動《どう》揺《よう》した。

（あんなに取り乱して……。伯爵もショックなのね。そうよね、親友ですものね）

きっと何かの間違いだと思いながらリヒャルトの解答板を見やる。そこに書いてあったのは
──。

『薔薇の温室』

「……!!」

くらりと目眩《めまい》を覚え、セシリアはよろめいた。

（し……したのね……）

カインといいリヒャルトといい、王女の知らないところでお付きの騎士《きし》たちの私生活は大変

充実《じゅうじつ》していたようだ。

「さあ、ここへ来て点が分かれてきましたよ！　ちなみに今の問題で答えが一致《いっち》しなかった恋人《こいびと》たちには、戒《いまし》めの意味として減点させていただきまーす！」

進行役の宣言に、あちこちで不満げな声があがる。隣で猫に引っかかれていたカインも静かにつぶやいた。

「残念ですな。減点とは……」

「あなたのあの答えで一致するわけがないでしょうっ⁉」

この先も二人の解答が合うことはおそらくあるまい。遅《おそ》まきながらそのことに気づいたセシリアは、大会に馬鹿《ばか》正直に臨《のぞ》む姿勢を放棄《ほうき》することにした。

もとより目的は伯爵とシルフレイアだ。加えてリヒャルトと謎の仮面の女の動向も追わねばならないから忙《いそが》しい。

（……でも、待って。これは恋人同士のための大会で、さきほどの質問は初めての口づけに関するものだったわ。ということは、まさか、次の質問は……）

先読みしたセシリアは思わず顔を赤らめた。想像がつくくらいには、小説などから知識を得ている。

（まさか、そんなことまで訊くつもり？　こんな人前で、破廉恥《はれんち》だわ。きっと皆《みな》も恥《は》ずかしがって抗議《こうぎ》するはず……）

しかしそんな予想と裏腹に、周囲の恋人たちはやる気満々の顔つきで次の質問を待っている。

動揺しているのは自分だけのようだと悟《さと》り、セシリアは狼狽《ろうばい》した。

(侮《あなど》っていたわ……。恋人同士の愛を試《ため》すということが、こんなにもいたたまれない心地《ここち》になるものだなんて……！)

「ではお次へまいりましょう！　嬉《うれ》し恥《は》ずかしの質問をさせていただきますよー。包み隠《かく》さずお答えください。いいですね、包み隠さず、ですよ！」

意味ありげに念押ししながら切り出す進行役を、固唾《かたず》を呑《の》んで見つめた時だった。

パンッ、と何かがはじけるような音が響《ひび》き、けたたましい悲鳴があがった。

「きゃああ！」

驚《おどろ》いてそちらを見ると、前方の幕近くでもうもうと煙《けむり》が湧《わ》いている。それは瞬《また》く間に広がって辺りを覆《おお》い尽《つ》くし、隣にいるカインの姿すら満足に見えないほどになった。

(なにごと？　何が起こっているの？)

辺りには悲鳴と怒号《どごう》が飛び交《か》っている。人々が我先にと逃《に》げ出していくのを呆然と見ていると、誰《だれ》かに勢いよくぶつかられた。

「あっ……！」

よろけて転びそうになったところを、横から出てきた腕《うで》がさっと抱《だ》きとめた。

「子爵？」

「……」

支えてくれた誰かが、無言のまま手を握《にぎ》る。

そのまま導かれて、セシリアはわけのわからないまま煙幕《えんまく》と人混《ひとご》みの中を駆《か》け出した。

「大丈夫《だいじょうぶ》ですか？」

ひそやかに気遣《きづか》う声が降ってきて、ミレーユは何とかうなずいた。声はするのに煙のせいで相手の顔がよく見えない。

「リヒャルト？　うん、あたしは大丈夫……。けど、これって一体なんなの？」

突然《とつぜん》の炸裂《さくれつ》音とともに煙が立ちこめ、催《もよお》しどころではなくなってしまった。逃げていく参加者たちに押されて隅《すみ》のほうへやられてしまったが、人混みから庇《かば》ってくれたリヒャルトはさほど動揺もしていないようだ。

「誰かが煙幕を焚《た》いたようですね。視界が利《き》かないので状況《じょうきょう》がわからない。危ないですから、俺から離《はな》れないで」

「う、うん」

わざわざ言われなくても、しっかり抱き寄せられているので動きようがない。彼の胸に顔を伏せたままミレーユは二重の意味でどきどきしていたが、はっと気づいて周囲を見回した。

「そうだ、シルフレイアさまはっ」

「ここです」

ひんやりとした声がして、ただよう煙をかき分けるようにシルフレイアが現れる。彼女と一《いっ》緒《しょ》にカインがいるのを見てミレーユは目を丸くした。

「カインも来てたの？」

「ああ。飛び入りでな。参加表明の時から割と目立っていたと思うのだが」

「そうだったんだ。打ち合わせに必死すぎて気づかなかったわ」

「殿下《でんか》は」

リヒャルトが少し緊迫《きんぱく》した声で問う。カインがいることなどとっくに知っていたらしく、驚いた様子はない。

「隊長が来たから任せてきた」

「フレッドが？」

言われてみれば、リヒャルトと組んでいたフレッドの姿が見当たらない。ほっとしたようなリヒャルトを、ミレーユは驚いて見上げた。

「殿下って？　まさか、セシリアさまもここに？　まずいんじゃない、王女様がこんなところに来るなんて」

「ええ……。どうやら、お目付役は止めなかったようですね」

ちらりと咎《とが》めるようにカインを見たリヒャルトが、あらたまった顔でシルフレイアに向き直った。

「こんな状況ですから、今日はこれで解散としましょう。例のものはフレッドが別の方法で手に入れると思います」

「仕方がありませんね。わたしの目当てのものも一緒に入手してくだされればよいのですが」

では、と会釈《えしゃく》してカインとともに去ろうとする彼女を、ミレーユは急いで呼び止めた。

「あのっ、シルフレイアさま。協力していただいてありがとうございました」

けぶる煙幕の中でぴくりとも慌《あわ》てた様子もなく、シルフレイアは首を振《ふ》る。

「構いません。これが伯爵と組んで出場するのであればお断りしたでしょうが、ミレーユさまとラドフォード卿のお願いなら、基本的にいつでも協力を惜《お》しまないつもりです」

「はあ……」

「それに、わたしのほうも自分の目的のために参加しただけですから」

心なしか沈《しず》んだ表情で付け加えた彼女を、ミレーユは不思議に思って見つめる。

「そういえばさっきもそんなこと言ってらっしゃいましたけど……。ひょっとして、賞品がらみですか？」

はい、とシルフレイアは無表情のままうなずいた。

「魔術の本です。若干《じゃっかん》暗黒魔術寄りの」

「えっ!? なんでそんな怖《こわ》いものを？」

「目当ての殿方《とのがた》を振り向かせるおまじないが載《の》っていると聞いたものですから」

「へ……。おまじない、ですか」

幼い見た目と裏腹に内面は大人びている人だと思っていたが、そんな可愛《かわい》らしい目的があったとは。しかしそこで暗黒魔術に走ろうとするあたりが、彼女らしいといえばそうなのかもしれない。

シルフレイアは、背後にいたカインに視線を向けた。

「子爵《ししゃく》はなぜ王女殿下とこのような催しに参加されたのですか？」

やたらと威嚇《いかく》している猫《ねこ》らをなだめながらカインが応じる。

「姫《ひめ》とフレッドが出かけたと聞きつけて、気になっておられたのでお供を」

「そうですか。では、わたしと伯爵が二人で出かけたと聞いて、あなたも妬《や》けましたか？」

「いえ、特には」

「……なぜ？」

即答《そくとう》したカインに、シルフレイアの瞳《ひとみ》が心なしか不穏《ふおん》な色を浮《う》かべる。当のカインはそれに気づいているのかいないのか、こちらも無表情のまま答えた。

「姫とフレッドの性格を鑑《かんが》みれば、妬く必要はないでしょう。羽目をはずすような方でないのはわかっておりますので」

シルフレイアはカインをじっと見つめ、静かにつぶやいた。

「……わたしは妬きました」

猫をなだめていたカインが、言われた意味に気づいたようにふと彼女を見る。

「申し訳ない。以降気をつけます」

猫だけでなく彼女のこともなだめながら、カインはシルフレイアを連れて煙幕の中を去っていった。

「なんか妙《みょう》に仲いいわね……。あんなに仲良しだったっけ？」

二人を見送りながらミレーユは首を傾《かし》げる。リヒャルトが苦笑《くしょう》して促《うなが》した。

「とりあえず外に出ましょう。害をなす賊《ぞく》ではなかったようですが、こう煙《けむ》いと満足にあなたの顔も見えませんし」

「え……、別に、顔くらいいつでも見てもらって構わないけど」

「それじゃ、あとで思う存分眺《なが》めさせてもらいます。――はい、これ」

そう言って、懐《ふところ》から取り出した折り目のついたハンカチをミレーユの口元に軽く押し当てる。目を丸くして見上げるミレーユに、彼は爽《さわ》やかに笑った。

「使ってないから、綺麗《きれい》ですよ」

「う……、うん、ありがとう」

花のような甘い匂《にお》いがかすかにして、ミレーユは少しどきどきしながらお礼を言う。

煙幕は徐々《じょじょ》に薄《うす》れ始めていた。避難《ひなん》していた人々も、異状がないとわかってぽつぽつ戻《もど》ってきている。

そんな中、壇上《だんじょう》の台にあった『賞品』は忽然《こつぜん》と姿を消していた。

庭には篝火《かがりび》がいくつも灯《とも》され、暗がりなど見当たらないほどに煌々《こうこう》と照らしている。パチパチとはぜる音が時折こだまするだけで回廊《かいろう》に人気はない。

その静まり返った回廊で、セシリアは無言で固まっていた。

(これは、一体……どういうこと……っ)

彼女の前にいるのは随行《ずいこう》していたはずの副長ではなく、なぜかリヒャルトが同伴《どうはん》していた仮面の女性だったのだ。

(気まずい……。とても気まずいわ)

手を引いてくれているのがカインではないと気づいたのは、地下室の階段を上がりきったところだった。仰天《ぎょうてん》したものの人混みに押されて手を振り払《はら》うこともできず、結局こんな遠くまで来て向かい合う羽目になっている。

「ふー……。危なかったですねぇ」

彼女は爽やかに言い放ち、額を拭《ぬぐ》う仕草をした。もちろん仮面をつけているので本当には拭《ふ》けなかったが。

「無粋《ぶすい》な輩《やから》がいたものですねぇ。まったく。もう少しのところでアレを手にすることができたというのに。正々堂々と勝負をしない者がアレを手に入れようなんて、百万年早いですわっ」

事情はわからないが、彼女は一人でぷりぷり怒《おこ》っている。なぜセシリアを連れて逃《に》げたのか説明する気はないらしい。

「………あの」

勇気を出してセシリアが口を開きかけると、彼女は愚痴《ぐち》を中断して視線を寄越《よこ》してきた。その唇《くちびる》が、にっこりと笑《え》みの形を作る。

「お怪我《けが》ございませんでした？　王女殿下」

楽しげに訊《たず》ねられ、セシリアは目を瞠《みは》った。

「どうして、わたくしのことが……!?」

「あら、だって。そのあざやかな赤い髪《かみ》は、遠くからでもとても目立ちますもの」

はっとして、かぶっていたフードの端《はし》をきつく押さえる。確かにこんな人工的な色の赤毛、王宮中捜《さが》しても自分くらいしかいないだろう。

「お可愛らしくて、という意味ですわよ？　それより、殿下がなぜあの場にいらしたのか興味があるのですが」

笑って付け加えた彼女を、セシリアはじろりとにらむように見た。

「あなたには関係のないことだわ。その前に、わたくしの質問に答えなさい」

「仰《おお》せのままに。その後でわたしの質問にも答えてくださるなら」

思いがけず要求されて少し怯《ひる》んだが、すぐに態勢を立て直す。咳払《せきばら》いして切り出した。

「あ……あなた、ラドフォード卿とは、一体どういうご関係なのかしら？　もしかして特別に親しかったりするの？　正直に答えなさい。隠《かく》し立てするとひどいことに——」

「はい。唯一無二《ゆいいつむに》の存在だと自負しておりますけど、それが何か？」

あっさりと笑顔で答えが返ってきた。セシリアの頭の中でガーンと鐘《かね》が鳴る。

（そんな深い間柄《あいだがら》の女性がいただなんて、知らなかったわ……）

ひそかに落ち込んでいるセシリアを見て、彼女は不思議そうに小首を傾げた。

「何か失礼なことを申し上げましたかしら？」

「い、いいえ、よろしいのよ……」

「えぇ～、本当ですか？　では、今度は殿下《でんか》の番ですねっ。どうしてあんなところにいらしたのか、教えてくださいませ。口外しないとお約束しますから」

可愛らしい仕草でお願いする彼女を、少々げんなりしながら見つめ返す。リヒャルトがこういう女性が好みだったとは。意外すぎる。

「……あなたには関係がないわ。言ったところで、どうなるものでもないし」

「関係がないからこそ、気兼《きが》ねなくお話しできるということもありますわ」

にこにこと促される。さりげなく押しの強いところが誰《だれ》かに似ていると思い、セシリアは少し赤面したが、結局うまいごまかしが浮かばず、かき捨ての恥《はじ》とばかりに半ばやけくそで打ち明けた。

「……っわたくしの知人も、あの催《もよお》しに参加していたの。恋人《こいびと》同士しか入れないというところに、他人の恋人を連れて入っていったと聞いたから、だから」

「なるほど。その知人というのはつまり、殿下のお好きな殿方というわけですね」

「――!?　なっ、何を言っているの、わたくしはそんなこと一言も――」

「それでその殿方のことが気になって、つい出歯亀《でばかめ》に行かれたのですね」

同情したようにうなずかれ、セシリアはますます赤面した。

「わたくしはただ、監視《かんし》と警告のために行っただけよ！　あの人が誰と付き合おうと関係のないことだけれど、お相手が他《ほか》の人の許嫁《いいなずけ》だと知れば道徳的にも黙《だま》っているわけにいかないでしょうっ。だから、注意してやろうと思っただけよ。それだけのことだわ。あの人が女たらしだってことくらい、とっくの昔から知っているわ、でも気になるんだから仕方がないじゃないの！」

むきになってまくしたててしまうと、勢いに驚いたのか、彼女は真顔になって黙り込んだ。

肩《かた》で息《いき》をしていたセシリアは、ふと我に返って咳払いした。彼女は通りすがりの無関係な人なのだから、こんなふうに八つ当たりのように言われては面食《めんく》らってしまっただろう。

「い、いま言ったことは、ぜんぶ忘れてちょうだい。ただの独り言だから……」

慌《あわ》てて取り繕《つくろ》おうとした時、彼女の指に血がにじんでいるのに気がついた。

「あなた、怪我をしているわ。ほら、そこ」

「え？　あら」

指摘《してき》されて初めて気づいたようで、彼女は自分の指を掲《かか》げてまじまじと見た。

「避難する時にどこかで引っかけてしまったのでしょう。何しろ皆《みな》さん、気合いの入った仮装の方ばかりでしたから」

確かに、変装用の仮面は派手な羽根《はね》飾《かざ》りや大きな貴石をあしらったものもあって、逃げる時にぶつかった者たちの諍《いさか》いの種となっていた。

もし自分一人であの場にいたら、間違《まちが》いなく怪我していたことだろう。無傷で何事もなく逃げられたのは、きっと——。

（そうだわ。彼女がさりげなく庇《かば》ってくれたから……）

そんな扱《あつか》いをされる理由がないので、今までそのことに気づかなかった。セシリアは軽く眉《まゆ》を寄せて黙り込んだが、やがて髪《かみ》飾りのリボンを片方するりとほどいた。

「……これでよければ、差し上げるわ。血止めくらいにはなるでしょう」

本当は素直《すなお》に「ありがとう」と言うべきなのだろうが、これまで大きな態度でいたぶん気恥《きは》ずかしく、申し出は随分《ずいぶん》とぶっきらぼうな口調になった。

王女の持ち物だからと遠慮《えんりょ》してしまうかもしれない。もしそうなったらこの引っ込みのつかない手をどうしたらいいのかと内心焦《あせ》っていると、リボンを見下ろした彼女がふと微笑《ほほえ》んだ。

「ありがとうございます。光栄でございますわ、殿下」

セシリアはほっとして、それから慌ててフンと鼻を鳴らした。

「お礼はいいから、早く受け取りなさい。腕《うで》が疲《つか》れるでしょう」

「では遠慮なく」

どうして彼女にはこんな態度を取ってしまうのだろう。我ながら不思議に思いつつ目をそらしていると、ふいにきゅっと手を握《にぎ》られた。

「——っ!?」

「殿下にひとつ、僭越《せんえつ》ながら助言を差し上げます」

目をむいているセシリアに、彼女は微笑んでそう言った。

「殿下のお好きなその美しく聡明《そうめい》な殿方《とのがた》は、他の女性との逢瀬《おうせ》を楽しみにいかれたわけではないと思います。殿下に秘密にされたのは、きっと他に理由があるのではないでしょうか」

「他に、理由……？」

訝《いぶか》しげに繰《く》り返したセシリアは、はっと我に返って手を振《ふ》り払った。

「わ、わたくしは別に、あんな人のこと好きでも何でもなくってよ！　勝手な解釈《かいしゃく》はやめてちょうだい！」

「あらあら。フフッ、これは失礼を」

彼女は優雅《ゆうが》にお辞儀《じぎ》して、指に絡《から》めたリボンをたぐり寄せた。

「お付きの騎士《きし》がまいったようですので、わたしはこれにて」

言われて振り向くと、回廊《かいろう》の向こうからリヒャルトが足早にこちらへやってくる。どうやら捜してくれていたらしい。

「ではごきげんよう、殿下」

「待って！　どこへ行くの？　あなたの恋人が来たのに」

「わたしには使命がありますの。この手につかむはずだったお宝を卑怯《ひきょう》にも盗《ぬす》み去った者を追い、それを取り戻《もど》すという使命が！」

やけに熱い調子で宣言すると、最後ににこりと微笑んで、彼女は身を翻《ひるがえ》した。角を曲がって姿が見えなくなるのを、セシリアはぼんやりと見つめていた。

「どうして小言を言われるのか、わかっていらっしゃいますね？」

白百合《しらゆり》の宮に戻ったセシリアを待っていたのは、リヒャルトのお説教だった。

「夜は危ないのでお部屋を出ないでくださいと申し上げたはずですが、それを守っていただけなかった挙げ句、よりによってあのようなあやしげな場所に潜《もぐ》り込まれていたから怒《おこ》っているんですよ」

「わかっているわ……」

いまだに小さな子どもに言い聞かせるような叱《しか》られ方をするのが不満だったが、しかし反論はできない。大人しく小言を聞いているセシリアを見て、リヒャルトが気を取り直したように息をついた。

「さっきのあれは、ただの古本市です」

「古本市？」

「世界中から集められた貴重な書物が遊戯《ゆうぎ》の景品として用意されていたんです。その中に、フレッドが捜していた書物もあったんですよ。それで何としても手に入れたいというので、ああして皆で出場していたわけです」

「……だからと言って、あの組み合わせはないと思うわ」

ぼそりとしたセシリアのつぶやきに、リヒャルトが軽く首を傾《かし》げた。

「だって、シルフレイアさまはゼルフィード子爵《ししゃく》と婚約《こんやく》なさったのでしょう？　それなのに伯爵と恋人同士を装ってあんな場所に出るだなんて、子爵が気の毒だし、伯爵の常識も疑ってしまうわ。それにあなたも、恋人と参加して鼻の下をでれでれと伸《の》ばしていたようだしっ」

最後の一言は完全に個人的感情によるものだったが、この際なので思い切って口に出してみる。すぐに誰のことを言っているのか気づいたようで彼は苦笑《くしょう》した。

「伸ばしていませんよ、別に」

「いいえ、伸びていたわ。そんなに隠《かく》さなくても、わたくしの知らないところで勝手に仲良くしていればいいじゃないの。薔薇《ばら》の温室で密会したりね！」

つけつけとした指摘に、リヒャルトが一瞬《いっしゅん》目を泳がせる。その顔がどこか照れているように見えてセシリアはたちまち不機嫌《ふきげん》になった。

「何を今さら恥《は》ずかしがっているの。わたくしに隠れて、あの人の指を舐《な》めたりあれこれしておきながら」

「……殿下」

彼は軽く咳払《せきばら》いすると、表情をあらためて傍《そば》に跪《ひざまず》いた。

「彼は……いえ、彼女は友人ですよ。あの解答は、優勝するために事前に打ち合わせていたんです。それと、フレッドがシルフレイア姫と組んでいたのは共同戦線を張っていただけです。賞品の中に姫が長年捜《さが》しておられた品があったそうで、それもカインには秘密で手に入れたいとのことで、手を組まれたんですよ」

目線を合わせて事情を説明され、セシリアはふくれ面《つら》のまま考える。

『殿下に秘密にされたのは、きっと他に理由があるのではないでしょうか』

仮面の彼女に言われたことを思い出す。他の理由とは、つまりシルフレイアのために協力していたということだったのだろうか。書物というのは口実で――。

「そんなに欲しい書物があったのなら、伯爵が女の人に扮装《ふんそう》して、あなたと組んで出ればよかったんだわ！」

むくれてそっぽを向くセシリアをリヒャルトは少し驚《おどろ》いた顔で見つめたが、やがておかしそうに噴《ふ》き出した。

「フレッドが女装ですか。面白《おもしろ》いことをお考えですね」

「……面白くなんかないわ」

むすりとしてセシリアはつぶやいたが、

(でも伯爵は綺麗《きれい》だから、女の人の恰好《かっこう》をしても似合ってしまいそう……)

とひそかに思ったのだった。


翌日、朝一番で伯爵がやってきた。

「ごきげんよう、王女殿下《でんか》。今日もすばらしい朝ですね」

ガラガラと手押し車を押しながらまぶしい笑顔《えがお》で入ってきた彼を、セシリアは冷ややかに見返した。

「こんな早朝から押しかけられて、機嫌《きげん》がいいわけがないでしょう。一体なんの用なの。さっさと言ってちょうだい」

「ではさっそく。今日は殿下に贈《おく》り物を届けにまいりました」

優雅に一礼すると、彼は手押し車に掛《か》かっていた布をひらりと取った。

そこにあったのは積まれた本の山だった。十冊ほどもあるだろうか、渋《しぶ》いレンガ色の革表紙《かわびょうし》に、金の文字で銘打《めいう》ってある。どこかで見たような装丁《そうてい》だと思って見つめたセシリアは、それがお気に入りの本の続き——絶版となって読めなくなっていたあの本なのだと気づいた。

(どうして……? 続きは手に入らないはずじゃ……)

「実は昨日、某所《ぼうしょ》でこれを手に入れる機会がありましてね」

にこやかに切り出した伯爵に、頰《ほお》を上気させて本に見入っていたセシリアは、どきっとして我に返った。

「荒《あら》ぶる者たちがこれを賭《か》けて激しい闘《たたか》いを繰り広げたわけなんですが、いやーもう大変でした。なんでも著者は某王家に縁《ゆかり》の方の秘密筆名だそうで、ある筋では高値で取り引きされているようでして。そちらに横流ししようと躍起《やっき》になっているのか、煙幕《えんまく》を焚《た》いてこっそり盗み出した挙げ句、追いかけたぼくに槍《やり》を持ち出すわ矢は雨のように浴びせてくるわで、ぼくもつい本気になって愛馬のエストレアと一緒《いっしょ》に頑張《がんば》っちゃいましたよ。本だってお金のために存在するより、殿下のように心から楽しんでくれる方に読んでもらったほうが嬉《うれ》しいでしょうしね」

べらべらと語りまくる彼に面食《めんく》らっていたセシリアは、ふとその言葉に瞬《またた》いた。

(え……？　ひょっとして、わたくしのためにやってくれたことなの……？)

「……あなた、これを手に入れるために参加したの？」

まさかと思いながらもさすがに厚かましい気がして遠回しに訊《たず》ねる。と、

「他《ほか》に理由がありましたっけ？」

笑顔で逆に訊《き》かれてしまった。

セシリアはたじろいで彼を見つめる。てっきりシルフレイアに協力するためだけだとばかり思っていたのに。

しかしそのために手を組んだのだとしても、あんな催《もよお》しに平気で参加するのはやはり非常識に思える。もしや彼は二人の婚約話を聞いていないのだろうか。

「子爵とシルフレイアさまが婚約した話を知らないの？」

「もちろん知っていますよ。本人から聞きましたから。でもご心配なく、殿下。そう簡単にはいかせませんので」

「……どういうこと」

「シルフレイア姫には申し訳ないですが、カインは姫の婚約者である前に王女殿下の騎士ですからね。殿下がお嫁《よめ》に行かれるまでお守りするのが責務です。それまでは何がなんでもアルテ

マリスにいてもらいます」

なぜか楽しそうな彼に、セシリアは戸惑《とまど》って眉《まゆ》をひそめた。

「別に、わたくしは構わなくてよ。シルフレイアさまとの仲を邪魔《じゃま》してまで仕えてもらおうなどとは思わないわ。それに……」

——伯爵さえいてくれればいいし。

そう言いかけて、セシリアは慌《あわ》てて口をつぐむ。伯爵がにっこりと笑って小首をかしげた。

「それに?」

「な、なんでもなくてよっ」

「ええー、気になるなあ」

ひょっとしてわかっているのでは、と思うのはこういう時だ。

「お、おだまりっ。地獄《じごく》に送られたくなければ今すぐお下がりなさい! あなたの顔を見ていると頭が痛くなってくるわ!」

「それは大変だ。あとで頭痛薬を届けさせましょう」

胸に手を当て、わざとらしく彼は一礼する。セシリアはさらに言い返そうとしたが、彼の指に包帯が巻いてあるのを目にして口をつぐんだ。

(あら? あの怪我《けが》……)

あの女性と同じところを怪我している。そのことに気づき、セシリアは眉をひそめた。

「どうなさいました、殿下?」

「――伯爵。その、昨夜……」

「はっはーん。さては、包帯を巻いていても美しいぼくに見とれていらっしゃるんですね？」

勇気を出して問いただそうとしたのに、あっさりと遮《さえぎ》られる。伯爵は指に巻かれた包帯に軽く唇《くちびる》をつけ、うっとりとつぶやいた。

「怪我をしてても素敵《すてき》なぼく……。いや、むしろぼくだから怪我を負ってもさまになるのかな。でも殿下が心配なさるのでこれからは気をつけますね」

「誰《だれ》があなたの心配をしているですって。わたくしが訊きたいのはそこではないわ」

「いやしかし、包帯を巻く甲斐《かい》がありすぎて……。ほら、まだこんなに」

やや嘆《なげ》くように彼は服の袖口《そでぐち》をまくる。のぞいた手の甲《こう》や腕《うで》にひっかき傷がいくつも走っているのを見て、セシリアは思わず両手で口を押さえた。

「あなた、それ、どうしたの」

「ご心配なく。賊《ぞく》と戦った時の名誉《めいよ》の負傷ですよ」

格闘《かくとう》したというのは大げさな話ではなかったらしい。本人の表情からして大した怪我ではないようだと察し、少しだけほっとする。

（それだけ怪我をしているのだもの。指の怪我があの人と同じところにあるのも、きっと偶然《ぐうぜん》ね……）

それにしても、いくら見えないところとはいえ彼の身体《からだ》に傷ができてしまったのは惜《お》しまれる。しかも自分のために本を手に入れようとした末のことだと思うと、セシリアは申し訳ない気持ちになった。

(せめて、手当てをしてあげようかしら……)

部屋の隅《すみ》にある薬箱に、そっと目を走らせる。暴れたり憂《う》さ晴らしの刺繍《ししゅう》をしたりで怪我をすることが多いため、常備されているのだ。

(わたくしのために負傷したというなら、手当てしてあげるのが主《あるじ》としての義務というものよね。でも、迷惑《めいわく》に思われるかしら)

手当てをするための建前と臆病風《おくびょうかぜ》に吹《ふ》かれる自分とに葛藤《かっとう》しているセシリアをよそに、伯《はく》爵《しゃく》は持っていた掛け布を折りたたんだ。

「ではそろそろぼくは失礼します。これからちょっと用事がありまして」

「待っ……お待ちなさい!」

踵《きびす》を返そうとするので、セシリアはつい呼び止めてしまった。小走りに薬箱のある棚《たな》まで行き、中から薬と包帯を取り出す。が、そこではっと動きを止めた。

(いけない……。思わず行動を起こしてしまったけれど……こんならしくないことをすれば、きっと変だと思われてしまうわ)

伯爵に背を向けたまま薬と包帯をつかんでしばし固まっていたが、ずっとそうしているわけにもいかない。セシリアは意を決して振《ふ》り返った。

「伯爵」

「はい?」

小首を傾《かし》げて返事をした彼に、思いきり腕を振りかぶって持っていたものを投げつける。難なく受け止めた彼から目をそらし、セシリアは腕を組んでフンと鼻を鳴らした。

「ご苦労だったわね。お礼と言ってはなんだけれど、お薬と包帯を差し上げるわ。昨夜の恩人には愛用のリボンをあげたけれど、あなたにはそれで充分《じゅうぶん》でしょう。もう怪我自慢《けがじまん》は結構よ。さっさと帰って手当てをするがいいわ」

(……って、ひぃぃぃ～！)

高慢《こうまん》な口調で言う自分に内心顔が引きつりそうになる。素直《すなお》になれないのはいつものこととはいえ、今日のこれはひどすぎだ。

(わ、わたくしったら、なんて非道なことを……っ。どうして普通《ふつう》に労《ねぎら》いの言葉が出てこないの!?　今のはさすがに伯爵も気を悪くしたに違《ちが》いないわ)

おそるおそる目をやると、しかし伯爵は怒《おこ》るどころかにこにこしている。

「な……なんなの、一人でにやついて」

「いえいえ、別に」

彼は左の袖口に右手を突《つ》っ込むと、おもむろに白薔薇《しろばら》を一輪取り出した。どうやっているのか仕組みはわからないが、奇術《きじゅつ》じみたそれは退出する時の毎度の儀式《ぎしき》のようなものだった。

うやうやしくそれを差し出して、伯爵はにっこりと笑う。

「第七回の恋人自慢《こいびとじまん》大会があったら……今度は一緒に出場しましょうか？」

セシリアは一瞬《いっしゅん》彼を見つめ、すぐさま目をむいた。

何もかもお見通しだったのだ。カインと二人で秘密集会に潜入《せんにゅう》したことも、あの大会に参加したことも。あの場では知らん顔を決め込んでいたくせに――。

「おっ、おおおだまりっ、この無礼者！　今すぐわたくしの前から消え去りなさいっ!!」

とりあえず花瓶《かびん》と長椅子《ながいす》を投げつけると、伯爵はいつものように華麗《かれい》にかわして部屋を飛び出していった。

「アッハッハッハ、ごきげんよう～」

能天気な声が遠ざかっていく。

はあはあと肩《かた》で息《いき》をついていたセシリアは、ふと手押し車の上の本を見やった。

この本を気に入って何度も読み返していたことを、伯爵は知っていたのだろうか。少なくともセシリア自身は彼にそんな話をしたことはない。

（……きっと偶然だわ。そんなにうまい話があるわけがないもの）

別に偶然でもいいのだ。それで充分、セシリアにとっては天にも昇《のぼ》るほどに嬉《うれ》しかったのだから。

彼女は笑顔《えがお》を浮《う》かべると、贈《おく》られたばかりの本に掛《か》けるカバーを手作りするため、いそいそと自室に向かったのだった。

身代わり伯爵と
内緒の追跡

『親愛なる大親友リヒャルトへ

元気かい？　ぼくは元気に毎日ミレーユを愛《め》でているよ。怒《おこ》り顔も慌《あわ》て顔も、はにかみ顔も全部独り占《じ》めできて、天国みたいに楽しい日々だ。それもこれも、きみが快く送り出してくれて、留守を護《まも》ってくれるおかげだよ。ありがとう。

だけど、こんなに夢みたいな毎日を独占《どくせん》していることに罪悪感がわいてきてね……。きみにも幸せをお裾分《すそわ》けしたいと思うんだ。

というわけで、迎《むか》えにきてください。

日時は来《き》たる六月二十一日、夕方の五時きっかりによろしく。それより早くはダメだよ。くれぐれも五時すぎだから。あ、ついでにお父上も連れてきてね。

きみの永遠の親友フレデリックより』

「ミレーユはこれが好きなんですよ」

リゼランド王国の都サンジェルヴェ。とある菓子屋《かしや》の店先で、目にもあざやかな包み紙の並ぶ棚を見やり、リヒャルトは唇《くちびる》をほころばせた。

「あ、これも好きみたいです。でも崩《くず》れやすいので食べさせにくいんですよね。唇からぽろぽろこぼれてしまって……」

懐《なつ》かしい日々を思い出してしみじみとしていたが、はっと我に返って口をつぐむ。一番言ってはいけない人に聞かせてしまったと気づいたのだ。

「リヒャルト……。きみ、やたらミレーユについて詳《くわ》しいけど、まさかとは思うが、特別な感情があってつけ狙《ねら》っているんじゃないだろうね……？　何かにつけべたべたべたべた触《さわ》っているし……」

「そんな……。俺はただ、ミレーユの喜ぶ顔が見たいだけなんです」

「喜ぶ顔⁉　ミレーユはきみにそんな顔を見せたのかっ。私の許しもなく勝手にミレーユの心をつかむなんてっ。だいたい、手ずから食べさせるだなんて破廉恥《はれんち》だと思わないのかきみはっ！」

「誤解ですよ！　俺は別に、変な下心があってやったわけではありません」

心外な思いで否定するが、娘《むすめ》を溺愛《できあい》する父であるところのベルンハルト公爵エドゥアルトは厳しい視線を崩さない。

近頃《ちかごろ》めっきり自分を敵視している彼と二人で隣国《りんごく》までやってきたのは、親友で上官でもあるフレッドから呼び出しの手紙が舞《ま》い込んだからだった。

年に何度か『ミレーユ不足で死にそうになる』らしい彼は、そのたびに実家のあるサンジェルヴェへ里帰りしている。国王の内意を受けてリゼランド宮廷《きゅうてい》の偵察《ていさつ》に行くついでなのだが、今回のように迎えにきてくれと便りを寄越《よこ》してくることはほとんどなく、ましてや日時まで指定してあるのがリヒャルトは引っかかっていた。

「ふん。きみには負けないぞ。私だってミレーユにお菓子を食べさせるもんね。現地に到着《とうちゃく》してからお土産《みやげ》を選んでいるような後手後手のきみと違って、もう買ってあるんだから！　しかもサンジェルヴェで一番人気だという店の新作！」

「はあ……」

対抗《たいこう》心むきだしの公爵にリヒャルトが面食《めんく》らった時だった。店の前の通りをものすごい勢いで何かが走っていったのは。

目の錯覚《さっかく》でなければ、今のは、もしや。

「エドゥアルト様……ミレーユです！」

石畳《いしだたみ》の路地を爆走《ばくそう》していったのは、公爵の娘にしてフレッドの妹、そしてリヒャルトの護衛対象であるところのミレーユであった。

とりあえずお土産選びは後回しにして、二人は追跡を始めたのだが——。

「――エドゥアルト様、大丈夫《だいじょうぶ》ですか。馬車を借りましょうか?」

「だ、大丈夫だ……。これくらいで音《ね》をあげては、父親として失格だからね……」

娘のあまりの足の速さに、エドゥアルトはぜいぜいと激しく息を切らしている。王族出身で根っからの貴族である彼にこの運動量は酷《こく》だろう。

そのうち走りながら昇天《しょうてん》するのではと心配しながら見ていたリヒャルトは、足を止めたミレーユが五、六人の少女たちに囲まれているのに気づいた。年頃《としごろ》からして、どうやら彼女の友人たちらしい。

「あれは……、どうしたんでしょう?」

何事か言葉をかわしたミレーユが、ふいに目つきを鋭《するど》くして彼女らとともに走り出したのを、リヒャルトは訝《いぶか》しげに見つめた。


路地裏を抜《ぬ》けた先の小さな広場にいたのは、ひょろりとした背の高い男と一人の少女だった。男に腕《うで》をつかまれた少女は今にも泣き出しそうな顔をしている。

「話は聞かせてもらったわよ。あんた、リーズにまだしつこく迫《せま》ってるんだって?」

ミレーユが仁王《におう》立ちで口火を切ると、男は興を削《そ》がれたように顔をゆがめた。

「何だよ……おまえには関係ないだろ」

「あるわよ。リーズはあんたに興味ないんだから二度と近づくなって、ついこの前一万回は言い聞かせたのに、まだわかってないわけ？」

ずけずけとした追及《ついきゅう》に、ミレーユの後方で固まっていた少女らも「そうよそうよ」と同調する。

「別に、ちょっと話をしようとしただけじゃねえか」

「話をするのに、なんでいちいち人気のないこんなところに連れてこなきゃいけないのよ。この助平《すけべ》男が」

冷たい声で言い捨てられ、男の頬《ほお》に朱《しゅ》がのぼった。腕をつかんでいた少女を離《はな》し、ミレーユの方に向き直る。

「いつもいつも邪魔《じゃま》しやがって。あんまり調子に乗ってると痛い目見るぜ！　色気皆無《かいむ》のまないた女は引っ込んでろ」

「黙《だま》りなさいよ。脈がないって言われてんだから、いい加減男らしくすっぱり諦《あきら》めたらどうなの？　ていうかまないたって何!?　さりげなく暴言吐《は》いてんじゃないわよ、そこの木から吊《つ》るすわよ!?」

心なしかミレーユの形相に怒りが五割ほど増した気がして、物陰《ものかげ》から見守っていたリヒャルトは眉《まゆ》をひそめた。

「……エドゥアルト様。これはあまりよくない事態かと思われますが……」

「ううむ……。相手は丸腰《まるごし》だし、まさか女性相手に手は出すまいが……」

不安そうな表情のエドゥアルトはそう思いたいようだったが、ことはすんなり収まりそうになかった。

「てめえ、なめてんじゃねえぞ！」

突然《とつぜん》男が声を荒《あら》げ、拳《こぶし》を振《ふ》り上げた。脅《おど》しではない、本気の動きを感じて、リヒャルトは咄《とっ》嗟《さ》に飛び出した。

「きゃああっ、私のミレーユがあぁ！」

だが、エドゥアルトの悲鳴が背後で響《ひび》く中、駆《か》け寄ろうとしたリヒャルトが見たのは目を疑う光景だった。

男の一撃目《いちげきめ》をさっと避《よ》けたミレーユが、右手を横に差し出し、傍《そば》にいた少女から何かを受け取る。細長い木の棒のようなものだ。

「一万回警告してもわからないやつには……」

低い声で言いながらすっとそれを構え、彼女は思い切り振りかぶった。

「覚悟《かくご》——っっ!!」

「うっ、ぎゃあぁっ！」

向こうずねに思い切り叩《たた》き込まれ、男がもんどり打って地面に転がる。

ミレーユは軽く息を切らしてそれを見下ろし、重々しく宣言した。

「今日はこのくらいにしといてやるわ。今度リーズにちょっかいだしたら、急所をつぶしてやるわよ。わかったわね」

「ぐっ……、覚えてろよ！」

男はよろめきながら立ち上がると、型どおりの捨て台詞《ぜりふ》を吐いて逃《に》げていく。周囲にいた少女らがきゃあっと歓声《かんせい》をあげた。

「ミレーユ、すごーい！」

「さすがよね、あの木刀さばき！」

「かっこいいわ！」

口々に賞賛され、いかめしい顔つきだったミレーユは我に返ったように表情を崩《くず》した。

「それほどでもないわよ。また何かあったらいつでも言ってね。じゃ！」

見送る彼女らに手を振って応《こた》えると、ミレーユは颯爽《さっそう》と駆け去った。

残されたのは、勧善懲悪劇《かんぜんちょうあくげき》を無邪気《むじゃき》に喜ぶ少女たちと、『正義の味方』になり損《そこ》なった一人の青年——。

（………。なんだったんだ、今のは……？）

あっという間の出来事に対応できず、剣《けん》の柄《つか》に手をかけたままリヒャルトが立ちつくしていると、娘の勝利を見届けたエドゥアルトがほっとしたように息をついた。

「そういえば、初めてミレーユと話をした時も、ああやって男の子と戦っていたっけ……」

ついさっきまで悲鳴をあげていたのも忘れたように、頬を染めて、心なしか自慢《じまん》げである。

というより娘の腕っ節《ぷし》の強さにときめいているようだ。

「確かあの時、あの子は五つくらいだったが、年上の男の子たち三人を相手に喧嘩《けんか》をして勝ってしまってね……」

「……」

思っていた以上の暴《あば》れん坊《ぼう》ぶりに、リヒャルトは青ざめて口を覆《おお》った。

（なんて危なっかしい人なんだ……！）

一人にしておくのが激しく不安になってきた彼は、娘の英雄《えいゆう》っぷりに陶酔《とうすい》しているエドゥアルトを急《せ》かし、ミレーユを追うことにした。


懸命《けんめい》に捜索《そうさく》した結果、見失ったミレーユを発見したのは寂《さび》れた路地裏だった。

少年たちが七、八人ずつ、二手に分かれてにらみ合っている。やりとりを聞いてみたところ、どうやらこの五番街区と他《ほか》の街の少年たちの間で揉《も》め事が起こっているらしい。

五番街区側の少年の一人が、腕組《うでぐ》みして立っているミレーユを勢いよく示しながら叫《さけ》ぶ。

「おまえら、聞いて驚《おどろ》け！　何を隠《かく》そうこの方はなぁ……、五番街区十一代目番長、ミレーユ様だぞ！」

どよっ、とその場の空気が揺《ゆ》れた。

「何……!?　じゃあ、こいつが五番街区の先代番長……？」

「『鉄拳《てっけん》女王』と呼ばれた、あのミレーユ・オールセンなのか！」

相手方に動揺《どうよう》が走っているところを見ると結構な有名人なのだろう。双方《そうほう》の間に緊張《きんちょう》が高まる。――と、相手方の少年が一人、フンと鼻を鳴らして前へ出た。

「上等だ。この場に出てきたからには、わかってるだろうな。女だろうと何だろうと、今さら怖《こわ》がったって逃がさないぜ。番長同士、勝負と行こうや！」

彼の宣言に、路地裏はわっと沸《わ》き立つ。それぞれの番長への声援《せいえん》が飛び交《か》い、途端《とたん》にやかましくなるのを、リヒャルトは悩《なや》みながら物陰でうかがっていた。

「……エドゥアルト様。これはどういう事態なのでしょう。番長とは一体……」

「は、早く助けにいくんだ！　いくらミレーユが強いといっても、あんなにたくさんの男の子と喧嘩なんて無理に決まってるじゃないか！　子どもの頃《ころ》とはわけが違《ちが》うんだ、きっと怯《おび》えてるはず――」

「いいわよ」

おごそかな声が聞こえ、二人はぎょっとしてそちらを見た。

どっしりと構えたまま、ミレーユが腕まくりをしている。怯えるどころかやる気満々だ。

「どこからでもかかってきなさい！」

「へっ。お望みどおりやってやらあー！」

いきり立った少年が躊躇《ちゅうちょ》なく拳を固めて襲《おそ》いかかるのを見て、リヒャルトは目を瞠《みは》った。状況《じょうきょう》が把握《はあく》できず、つい見守ってしまい、出遅《でおく》れた。間に合わない――そう感じて背筋が冷える。

だが物陰から飛び出した彼の目に映ったのは、襲いかかる少年の一撃目を華麗《かれい》にかわしたミレーユの姿だった。そのままくるりと向きを変え、空振《からぶ》りして身体《からだ》を泳がせる少年に腕を突《つ》き出す。

「わきが甘いっ！」

叫びとともに繰《く》り出された拳が少年の顎《あご》に命中する。どっとそのまま後ろに転倒《てんとう》した彼の姿に、リヒャルトは思わず立ち止まった。

（え……倒《たお》し……？）

目の錯覚《さっかく》でなければ、地面に倒れているのは少年のほうで、ミレーユはといえば拳を突き出したままいかめしい顔つきでその場にたたずんでいる。

「やったぁ！　五番街区の勝利だ！」

「さすがは伝説の鉄拳女王だぜ！」

「ありがとうございます、十一代目！」

周囲の少年たちが口々に叫び、ミレーユは我に返ったように腕《うで》をおろす。

「じゃああたし、急いでるから。あとは自分たちで決着つけなさいね」

「オッス！」

「それから、ジャン。今の番長はあんたなんだからね。五番街区を守るのはあんたの役目よ。あたしはあくまで引退したわけだから、助《すけ》っ人《と》は今回だけよ」

「オッス！　お忙《いそが》しいところ申し訳ないっす！」

「いいのよ。じゃ！」

たった今、一人の少年を拳で倒したとは思えないまぶしい笑顔《えがお》で手をあげると、ミレーユは瞬く間にその場から駆け去った。

呆然《ぼうぜん》と立ちつくすリヒャルトの横で、直前まで娘《むすめ》の身を案じてうろたえていたのも忘れ、エドゥアルトはまたしてもうっとりと頬を染めて感心している。

「リヒャルト、今の見たかい？　ミレーユは強いねえ。昔のジュリアを見ているようだよ！　街で見知らぬ男に金品を要求された時、ジュリアが助けてくれたことを思い出すなぁ……」

「…………」

（番長って、一体……。いやそれより、まさか、あんな調子でいつも揉め事の助っ人を頼《たの》まれているのか……!?）

だとすればとても放《ほう》ってはおけない。騎士道精神《きしどうせいしん》を通り越《こ》したところで心配になってきた彼は、ジュリアとの思い出に浸《ひた》っているエドゥアルトを急かした。

「急ぎましょう。また誰《だれ》かに闘《たたか》いを挑《いど》まれる前につかまえなければ！」


五番街区を駆け抜《ぬ》けたミレーユとそれを追う二人は、やがて劇場街に入った。

ミレーユが相変わらず走る速度をゆるめないため、エドゥアルトは今にも魂《たましい》が抜けそうなくらいへたばっている。リヒャルトはなんとか励《はげ》ましながら進んでいたが、追跡《ついせき》対象が足を止めているのに気づいて声をあげた。

「エドゥアルト様、あれを――」

ミレーユが何かに心を奪《うば》われたかのように、じぃっと視線を向けているので、二人はそちらを見やった。

そこにいたのは一人の女性だった。三十歳くらいか、化粧《けしょう》っけはないがどことなく艶《つや》めいた空気をまとっている。

「あれは女優かな？　何をそんなに見ているんだ……？」

エドゥアルトの訝《いぶか》しげなつぶやきに、リヒャルトも首を傾《かし》げた。ミレーユは釘付《くぎづ》けになっているが、そんなに見とれるほど、これといった特徴《とくちょう》はないように見える。やけに胸元《むなもと》を大きくはだけているため、行き交う男たちの視線は集めているが――。

（――まさか）

はっとリヒャルトは息を呑《の》んだ。

憧《あこが》れと羨望《せんぼう》の眼差《まなざ》しを向けていたミレーユが、ふと自分の胸元を見下ろす。

「……あんたはいつになったら大きくなってくれるの？」

大まじめな顔で、彼女は自分の胸に向かって語りかけ始めた。

「あの人の胸とあんたの違いは何？　なんでいつまでたっても小さいままなの？　あたしが毎日どれだけ刺激《しげき》と栄養を与《あた》えてやってると思ってんのよ！」

しまいには怒《おこ》り出した。女優の豊満な胸元を悔《くや》しげに見つめ、切なそうにため息をつく。

「ママったら……『そのうち大きくなる』の『そのうち』って、いつなのよ……」

苦悩《くのう》の顔つきでつぶやくと、諦《あきら》めたようにとぼとぼと歩き出した。

（やはり……）

見てはいけないものを見てしまった気がして、リヒャルトのこめかみを汗《あせ》が伝う。エドゥアルトも察したのか、うぅっと目をうるませて口を覆った。

「可哀相《かわいそう》にっ……。そんなに体型のことを気にしているなんて……。リヒャルト、どうにかしてあげてくれっ」

「俺ですか⁉　そんな、どうすれば……」

どうにかしてあげたいのはやまやまだが、一体どうしろというのか。急に言われても困る。

「ミレーユが今言ってたじゃないか、要は刺激と栄養だっ。あと、恋《こい》をすると胸が豊かになると本で読んだことがある！　早くあの子の夢をかなえてあげるんだっ、でないと不憫《ふびん》で不憫で……」

「……わかりました。俺でよければお手伝いします。お役に立てるかはわかりませんが」

確かルーディがそういうことを研究中だった。いつか訊《たず》ねてみようと思いながら答えると、うんうんと涙目《なみだめ》でうなずいていたエドゥアルトが、はたと我に返ったように顔をあげた。

「手伝う？　きみが……刺激と栄養と恋？　……って、な、何をやる気満々でいるんだっ、破《は》廉恥《れんち》だぞ、きみ！」

「何がですか？　あの……どうして腕をつねるんですか。痛いです……」

どうやら互《たが》いの認識《にんしき》が違っていたようだが、今は理不尽《りふじん》な仕打ちに抗議《こうぎ》している暇《ひま》はない。

「と、とにかく、追いましょう。見失わないうちに」

気を取り直したようにミレーユが走り出したのを見て、リヒャルトは慌《あわ》てて促《うなが》した。


劇場街の先にある問屋街に入ると、ミレーユは一軒《いっけん》の店から大きな紙袋《かみぶくろ》を抱《かか》えて出てきた。

看板を見たエドゥアルトが納得《なっとく》したようにつぶやく。

「小麦粉問屋か……。なるほど、おつかいだったようだね」

「そのわりに、少し様子が変だったような気がしますが。何か急がなければいけない理由が他《ほか》にあるのでは」

腑《ふ》に落ちないといった顔で考えを述べながらも追跡の足をゆるめないリヒャルトに、体力尽《つ》きてとうとう背負われてしまっているエドゥアルトは、すまなそうに切り出した。

「悪いねえ、おぶってもらったりして。重いだろうに、きみは力持ちだな。見直したよ。……さっきは意地悪をしてすまなかったね……」

「いえ、お気になさらないでください」

「でもミレーユは渡《わた》さないからね」

「はあ……」

感謝は示しても敵視するのは変わらないらしい。ため息をつきつつ再び劇場街を抜けて五番街区に入る。

「おい、ミレーユ！」

いくらも進まないうちに、どこからか威勢《いせい》のいい声が響《ひび》いた。

呼び止められたミレーユが、ちらりとそちらを見る。だが彼女は足を止めなかった。

「待てって！　おい、暴力女！」

無視されて慌てて追いすがったのは、ミレーユと同年代くらいの少年だった。言葉遣《づか》いは乱暴だが、彼女を見る眼差しはどことなく嬉《うれ》しそうに見える。

「どこ行くんだよ、今日は店、休みだろ」

三度目の呼びかけに、ミレーユはようやく振《ふ》り向いた。明らかに嫌《いや》そうな顔だ。

「あんたに関係ないでしょ。忙しいのよ、こっちは」

「んだよ、こっちだってな、急に休み出されて暇もてあましてんだよ。なんで店は休みなのに、おまえは小麦粉抱えて走ってんだよ」

「別に……、ロイには関係ないことよ」

「……おまえ、さては」

ロイと呼ばれた少年は、ふっと目をすがめてミレーユを見つめた。

「俺との跡取《あとと》り対決にそなえて、大将から秘密の特訓でも受けてるんだな？　どうせ負けんのに、往生際《おうじょうぎわ》の悪いやつ……、いてえ！」

言い終わる前に拳骨《げんこつ》をくらわされ、ロイが悲鳴をあげる。

「馬鹿《ばか》じゃないの？　特訓なんか受けなくたって、あたしが勝つに決まってるでしょうが。あんたなんかに店は絶対渡さないわ！」

「その根拠《こんきょ》のない自信はどこからくるんだよ？　少しは現実を見ろ……って、おい！」

すたすたと歩き出すミレーユをロイが慌てたように追いかけて行く。

物陰《ものかげ》から見守っていたリヒャルトは、ふうと息をついた。今回は果たし合いの助《すけ》っ人《と》要請ではなさそうで、一安心だ。

「それ、小麦粉だろ？　貸せよ、持ってやる。重いだろ」

冷たいあしらいにもめげず、ロイが手をのばしかけると、ミレーユは噛《か》みつきそうな勢いで振り返った。

「触《さわ》んないでよッ」

「な、なんだよ、女扱《おんなあつか》いしてやってんだから、素直《すなお》に親切を受けろよな！」

「これはあたしのなの！　大事な人にあげるものだから、自分の手で運びたいのよ、だからあんたの手を借りたくないの、わかったっ？」

がみがみと言われてロイは少したじろいだようだったが、軽く眉《まゆ》を寄せて口を開いた。

「なんだよ大事な人って。誰だよ？」

「あんたの知らない人よ」

「……男？」

「そうだけど、文句あるの？」

ロイは驚《おどろ》いたように目を瞠《みは》り、みるみる青ざめた。さっさと石畳《いしだたみ》の路地を歩いていくミレーユに慌てて追いすがる。

「お、男って、どこの男だよ?」

「うるさいわね。ついてこないでよ」

「へっ、どうせあの馬鹿兄貴に食わせるパンでも焼くんだろ。おまえの激マズパンを食ってくれんのはあいつくらいだもんな！ な、そうなんだろ？ ハハハハ……、そうだって言えよ！」

目が泳ぎつつも必死なロイを、ぎろっとミレーユはにらみつける。

「誰《だれ》のパンが激マズよ⁉ 今すぐ取り消さないと回し蹴りして川に流すわよ！」

「まあまあ、落ち着きなよ。それよりぼくは、馬鹿兄貴という呼び名のほうを取り消してほしいな」

「だってフレッド——」

背後からとりなすような兄の声が割り込み、憤然《ふんぜん》としながらミレーユが振り向く。が、すぐさまぎょっとしたように目をむいた。

「ちょっ……、何してんの⁉」

通り沿いにある露店《ろてん》の茶店《ちゃみせ》に陣取《じんど》っていたフレッドが、妹の問いににっこりと応《こた》える。

「街を歩いてたら女の子たちに追いかけられて、贈《おく》り物攻撃《こうげき》に遭《あ》ってね。くたびれたから一休みしてるところだけど?」

「その周りの人たちは何っ⁉」

フレッドの周囲には若い女性が十人ばかり、きゃっきゃと楽しげに群がっている。ミレーユが愕然《がくぜん》としているところを見ると彼女の知り合いではなさそうだ。

（いつもの光景だな……）

見慣れているリヒャルトは特に感慨《かんがい》を持たなかったが、ミレーユはそうではなかったらしく、座っていたフレッドの胸倉《むなぐら》をつかんだ。

「なに自分だけ遊んでんのよっ、そんな場合じゃないでしょ!? 今すぐ家に帰るわよ！」

「わかったわかった。じゃあ先に行ってて。ぼくは彼女たちとお別れをかわしてから行くから」

鷹揚《おうよう》に促され、ミレーユが兄と女性たちを見比べる。それから、少しだけ面白《おもしろ》くなさそうな顔つきでうなずいた。

「じゃあ行くけど。十分以内に帰ってこなかったらぶっ飛ばすから」

「はいはい」

笑ってミレーユを送り出すと、フレッドは妹を追おうとしているロイの肩《かた》をすかさず引き留めた。

「まあ待ちなよロジャー君。久しぶりにちょっとおしゃべりでもしない？」

「ロイだ！　勝手に名前作るんじゃねえ。つかなんだよ馬鹿兄貴、離《はな》せよ」

「きみ、確か甘いものが好きだったよね？　ごちそうするから何か注文したら？　ね、ロッド君」

「さっきからロしか合ってねえよロイだよ！　なんでてめーと茶ぁ飲まなきゃなんねーんだ。

どけよ馬鹿兄貴」

メニューを取り寄せていたフレッドが、ふと眉をひそめる。

「馬鹿兄貴馬鹿兄貴って。ぼくの名前はフレッドだ。人の名前をきちんと呼ばない人って最低だよ。ね、ロレンソ君」

「てめーだよ！　つかそれだけいろいろ名前出てくるなら俺の名前知ってんだろ⁉　わざとだろ、わざとだな⁉」

「やだな、さっきからカリカリして。そんなことじゃミレーユに嫌《きら》われるよ？　最近ちょっと怒《おこ》りっぽくなったんじゃないの、ローランド君」

「誰が怒らせてんだよ！　いつまでそれで引っ張るつもりだてめーは！　いいから離せよ、見失うだろ」

「ねえみんな！　彼はぼくの古い友人なんだ。その節はお世話になったからお礼がしたい。手伝ってくれるかな？」

フレッドの呼びかけに、はーい、と甘く可愛《かわい》らしい声があがる。ミレーユが去っていった方角を見ながら気が気でない様子だったロイは、たじろいだように彼女たちを見やった。

「なんだよ？　誰だよ、こいつら」

「ぼくの女友達だよ。今日はお休みだっていうからお茶してたんだけど、ぼくが頼《たの》めばきみを歓迎《かんげい》してくれるってさ」

「歓迎って……、ああーっ！　こ、こいつら、もしかして娼館《しょうかん》街の……⁉」

頓狂《とんきょう》な声をあげたロイを、フレッドが軽く眉をあげて眺《なが》める。それから再び笑顔《えがお》になり、彼の肩に手を回した。

「ふーん。そういうところ、行ったことあるの。そうだよね、きみも年頃《としごろ》だもんねえ」

「い、行ったことはねえよ、俺はミレーユ一筋……、じゃねえ、たまたま通りかかった時に見たことあるだけだ！ ミレーユに余計なこと言ったら殺す！」

「あっはは。心配しなくても、言う前から既《すで》に相手にされてないじゃないかあ。ね？ ロイ・ド君」

「うるせえんだよ！ つか今の惜《お》しい！ いい加減名前覚えろてめー！」

散々悪態をついているロイは、さりげなくフレッドと女性たちによって場所を移動させられていることには気づいていないようだった。

（フレッドが本気で妨害《ぼうがい》している……。あのロイという少年、ミレーユに接近するのはさぞ骨が折れるだろうな……）

同情するような安堵《あんど》するような複雑な思いで、リヒャルトは遠ざかっていく一団を見送ったのだった。


パン屋『オールセン』まで、通り一本抜《ぬ》ければ到着《とうちゃく》するというところへ来た時、それは起こった。

「様子が変だよ。どうしたんだろう？」

脇目《わきめ》もふらずに進んでいたミレーユが急に立ち止まり、傍《そば》の小さな路地に目をやっている。

そこにいたのは、最初に木刀で叩《たた》きのめされたあの男だった。

「仲直りをしにきたんだろうか。それにしては雰囲気《ふんいき》が……」

「ここにいてください」

二人が路地へ入っていくのを見て、背負っていたエドゥアルトを下ろすとリヒャルトは足早に後を追った。仲直りどころかお礼参りだろう。学生の頃《ころ》、自分もよくやられたから見当はつく。

案の定、路地の奥で対峙《たいじ》していた二人の間には非友好的な空気がただよっていた。しかも男のほうは手にナイフを持っている。

「よぉ。さっきはよくもやってくれたな」

見せつけるようにナイフをいじりながら男が口火を切る。ミレーユは小麦粉入りの紙袋《かみぶくろ》を抱《だ》きしめるようにして相手をにらみつけた。

「あんたもしつこいわね。何回もやられてんだから、いい加減諦《あきら》めなさいよ」

「言われたとおり、リーズには手を出してねえよ。けど、おまえに仕返しすんなとは言われてねえからな」

「仕返し？　呆《あき》れた男ね、そんな陰険《いんけん》な真似《まね》するからもてないのよ！」

凶器《きょうき》を見せても強気な態度を崩《くず》さないミレーユに、男の目に凶暴《きょうぼう》な色が宿った。

「この女……、叩きのめしてやる！」

男は激昂《げきこう》した様子で腕《うで》を振《ふ》りかぶる。いつものように一撃目《いちげきめ》を避《よ》けようとしたミレーユだったが、抱《かか》えている紙袋のせいで均衡《きんこう》を崩し、足下《あしもと》がよろけた。狙《ねら》ったかのようにナイフを突《つ》き出され、咄嗟《とっさ》に紙袋を庇《かば》うように抱きしめる。

一瞬《いっしゅん》の出来事だった。ミレーユが目を瞑《つぶ》った瞬間、二人の間に割り込んだリヒャルトは、彼女の背中めがけてナイフを振り下ろそうとする腕をつかんだ。

「いてェ！　なっ……なんだ⁉」

突然《とつぜん》割って入った第三者に、男が驚愕《きょうがく》の声をあげる。その手首をひねってナイフを払《はら》い落とすと、男は痛みに悲鳴をあげて後退《あとずさ》った。よろけるように壁《かべ》によりかかるのを素早《すばや》く距離《きょり》を詰《つ》め、剣《けん》を抜きざま男の首筋に押し当てる。速《すみ》やかで容赦《ようしゃ》のない一連の仕草に、男は声も出ない様子で固まった。

「彼女には二度と近づくな。次は手加減しない。命はないと思え」

男が口をぱくぱくさせる。リヒャルトは剣を握《にぎ》る手に力をこめた。男の首筋に刃《やいば》が食い込む。

「返事は」

「ふぁ、ふぁひいぃっ！」

蒼白《そうはく》な顔で声をしぼりだした男は、剣を退《ひ》いてやると、一目散に路地の奥へと逃《に》げて行った。

見送ったリヒャルトは、そのまま腕を下ろして剣を収め、急いで振り返った。紙袋を抱きしめたまま立ちつくしていたミレーユが、はっとこちらを見る。

「怪我《けが》はないですか？」

「はっ、はいっ！」

「本当に？　大丈夫《だいじょうぶ》ですか」

「だだだ大丈夫でございますっ、あの、ありがとうございましたっ、本当に！」

しどろもどろで、どこか様子がおかしい。怪訝《けげん》に思ってリヒャルトは歩み寄ろうとしたが、ミレーユは落ち着かない様子であたふたしている。

「助かりました、ありがとう！　す、すみません、でも今ものすごく急いでて、あのほんとにごめんなさいっ、このご恩は一生忘れませんからっ！」

「え？　あ……」

早口に感謝の言葉を言い放つと、踵《きびす》を返して脱兎《だっと》のごとく走り去ってしまった。口を挟《はさ》む隙《すき》さえ見つけられず、リヒャルトはぽかんとしてそれを見送った。

(何だろう、今の反応……)

やけによそよそしかった。まるで他人に対するかのような。

まさかこちらが誰《だれ》なのか認識《にんしき》していなかったわけではあるまい。帽子《ぼうし》の陰《かげ》になっていたとしても、しっかり顔を見ていたはずだ。――とすると。

(もしかして、避《さ》けられた……？)

この前アルテマリスにミレーユが来た時、彼女の前で人を斬《き》ったせいでひどく怖《こわ》がらせてしまったことがある。二度とあんな思いはさせまいと自分に誓《ちか》ったはずなのに、緊急事態《きんきゅうじたい》だったせいで、男を追い詰めるのについ本性《ほんしょう》を出してしまった。あの時と同じく、怯《おび》えて逃げ出してしまったのかもしれない。

「しまった……」

苦い顔でつぶやき、リヒャルトは目を覆《おお》ってため息をついた。

路地裏を後にしたリヒャルトと、彼に背負われたエドゥアルトは、ようやく『オールセン』へとたどり着いた。

「ミレーユは無事だったんだろう？　どうしてそんなに落ち込んでいるんだい。これまでのミレーユに対する不埒《ふらち》な行いを反省してるのかい？」

「いえ……。なんでもありません」

少し落ち込みながら答えて入り口の扉《とびら》を見ると、『準備中』の札がかかっている。通り沿いの他《ほか》の店はにぎわっているのに、ここだけひっそりと静かだ。

「もう午後なのに、準備中？」

「そう言えば、急に店が休みになったとさっきの少年が言っていましたね」

「しかし、だとするとミレーユは、何をあんなに急いで小麦粉を仕入れに行ったんだろう？

変だね……」

何か異変を感じ、リヒャルトは窓から中をのぞいてみた。そこに誰かいるのに気づいて思わず息を呑《の》む。

「――エドゥアルト様。彼らに見覚えはありますか？」

硬《かた》い声で促《うなが》されて中へ目をやったエドゥアルトが、驚《おどろ》いたように瞬《またた》く。

「誰だ⁉ あの悪者ふうの男たちは！」

店内にいたのは、三人の男たち。どれも筋骨隆々で体格がよく、お世辞にも人相が良いとはいえない者ばかりだ。ゲハハハと楽しげに笑い合っているのを見て、エドゥアルトは蒼白になった。

「まさか、盗賊《とうぞく》か？ 盗賊に押し入られて、ミレーユは無理やりパンを作らされているっ？ というかジュリアは、フレッドはっ、ダニエルはどこだっ！」

「落ち着いてください。見た目だけで彼らを賊だと決めつけるのは尚早《しょうそう》です」

「だって、あれはどう見ても悪役の顔じゃないか！」

早くも半泣きになるエドゥアルトを押さえ、リヒャルトは扉に耳を寄せた。その顔色が瞬時《しゅんじ》に変わったのを見て、エドゥアルトが不安そうにのぞき込む。

「ど、どうしたんだい」

「下がってください。扉を破ります」

鍵《かぎ》がかかっていることを確認したリヒャルトが、険しい表情で後退る。

「中からミレーユの悲鳴が聞こえました。囚《とら》われ人になっているようです」

「えっ⁉」

慌《あわ》てて扉にはりついたエドゥアルトは、「ぎゃー」だの「いやあああ」だの「ママ助けてえ」だのという娘《むすめ》の声を耳にして、卒倒《そっとう》しそうになった。

「ちょ……、み、みみみみミレーユが、人質《ひとじち》にっ……！」

「お任せを。必ず助け出します！」

無事に救い出せるなら、いくら本性を見られて嫌《きら》われても構わない。その一心でリヒャルトは店の扉を見据《みす》えた。


突然轟音《とつぜんごうおん》とともに扉が破られ、中にいた男たちは仰天《ぎょうてん》して振り返った。

殺気立った目つきの若者が抜《ぬ》き身の剣を握って突入《とつにゅう》してきたのを、男たちは呆気《あっけ》にとられて見つめたが、やがて慌てたように声をはりあげた。

「ミレーユ、まずいぞ！　お客さんがもう来ちまった！」

「急げ！」

奥に向かって口々に呼びかける彼らを見て、リヒャルトは足早に店内を突っ切った。賊の始末はあと回しだ。とにかく人質の様子を探《さぐ》らなければならない。

「ミレーユううぅっ、大丈夫かい！」

破壊《はかい》された入り口からエドゥアルトが半泣きで叫《さけ》ぶ。と、奥の作業場から悲鳴に似た声があがった。

「パパ？　ちょ、ちょっと待って、もう来ちゃったの⁉　リヒャルトも？」

「ここにいます、ミレーユ」

「ぎゃーうそっやだ待って開けちゃだめっ、来ないでぇ――！」

叫び声に切迫《せっぱく》したものを感じ、リヒャルトは作業場に続く扉を蹴《け》破《やぶ》った。

「貴様ら、よくも俺の……っ！」

怒《いか》りのままに口走ろうとして、ふと室内の様子に気づく。

あんぐりと口を開けているダニエル、大鍋《おおなべ》を抱《かか》えて目を丸くしているジュリア、鍋の蓋《ふた》と杓《しゃく》子《し》を構えて立ちすくんでいるミレーユ。――三人以外に、賊らしき者の姿は見当たらない。

「あれ……？」

作業台の上には焼きたてらしいパンや菓子《かし》が並び、香《こう》ばしい匂《にお》いが立ち上っている。調理場の竈《かまど》には鍋がかけられ、揚《あ》げ物でもしているのかパチパチと音がはじけていた。

その前で鍋蓋を盾《たて》のように構え、頬《ほお》や鼻の頭を小麦粉で白くしていたミレーユが、みるみる真っ赤になって叫ぶ。

「来ないでって言ったでしょー！　まだ全然準備終わってないんだってば！」

「……は……？」

いきなり怒《おこ》られてますますわけがわからないでいるところに、背後からぽんと肩《かた》を叩《たた》かれる。

振《ふ》り向くと、いつの間に帰ってきたのか、フレッドがまぶしい笑顔《えがお》でぶどう酒入りの杯《さかずき》を掲《かか》げた。

「ぼくたちの記念日に……乾杯《かんぱい》」


六月二十一日。

その日は、七年前、アルテマリスの貴族学院にてリヒャルトとフレッドが運命の出会いを果たした日であった。

「なーにびっくりしてるのさあ。毎年この日は二人でお祝いしてきたじゃないか。それを今年はうちでやろうって思っただけのことさ」

いやにもったいぶった手紙を寄越《よこ》してきたと思ったら、そういうことだったらしい。あっけらかんとネタをばらされ、リヒャルトは頭を抱えた。

「俺は……てっきりまたお礼参りされて監禁《かんきん》されているのだとばかり……」

賊かと思った男たちは食材を持ってきた近所の商店主であり、鍵がかかっていたのは単に準備が整うまでリヒャルトたちを中に入れないためだったのだ。聞こえた悲鳴は、揚げ物と苦闘《くとう》していただけだったらしい。すべては二人の出会った日を祝う宴《うたげ》の準備だったのである。

(それなのに、店の顔とも言うべき扉を破壊して、剣《けん》を片手になぐり込みをかけてしまうとは……）

なんという恩を仇《あだ》で返す振《ふ》る舞《ま》いだろう。勘違《かんちが》いして商店主らを斬《き》り捨てなかったことだけが救いだ。

全壊《ぜんかい》した店の扉の前に立ちつくすリヒャルトに、フレッドが楽しげに説明する。

「ぼくらの絆《きずな》を知ってミレーユが張り切っちゃってさー。『男同士の友情っていいわね！　あたしも手伝うから、うちにリヒャルトを呼んでお祝いしたら？』ってね。『大好きなお兄ちゃんのためなら、何だってしてあげる！』とかね」

「ちょっと、最後のは言ってないわよ」

「わー、派手にやったわねえ」

ミレーユとジュリアが外へ出てきた。感心したように壊《こわ》れた扉を見ている二人に、リヒャルトは向き直った。

「申し訳ありません。弁償《べんしょう》します」

「あらー、いいのよー。そんな今にも死にそうな顔しないで、ミヒャエル君」

「ママったら、ミヒャエルじゃなくてリヒャルトよ。何回言ったら覚えるの？」

「いいじゃないの。なんか似てるし」

「よくないわよ！　どういう理屈《りくつ》なの」

「けどまあ、このままじゃ風通しが良すぎるから、応急処置だけしといてくれる？　ミレーユ、あんたもミヒャエル君を手伝ってあげなさい」

「じゃ、ぼくはママのお手伝いをしようかな。お父上は体力と気力の消耗《しょうもう》が激しくてへたばっちゃったし、今のうちに」

フレッドがジュリアを促して中に入りながら、リヒャルトに軽く目配せする。

「まだ食事の時間まで少しあるからね。ごゆっくりー」

「あ、あたしもすぐに行くわね！」

「いや、大丈夫《だいじょうぶ》。きみは食事の支度《したく》より力仕事のほうが向いてるから」

「どういう意味よ？　何が大丈夫なの」

不服そうに言い返したミレーユは、母と兄が店の中に入ると、気遣《きづか》わしげにリヒャルトを見上げた。

「リヒャルト、元気ないわね。ほんとに気にしなくていいのよ、この扉《とびら》のこと」

「はあ……。すみません」

「……もしかしてあたしの企画《きかく》、迷惑《めいわく》だった？　フレッドと二人きりのほうがよかったとか」

おずおずと訊《たず》ねられ、リヒャルトは微笑《ほほえ》んだ。

「いえ。泣きそうなくらい嬉《うれ》しいです」

「そ、そんなに？　じゃあ、良かった。男同士の友情に割り込んじゃったんじゃないかって、ついさっき気づいたのよね。フレッドに聞いたけど、毎年二人で友情を確かめ合ってたんでしょ？　どんなことしてたの？」

二人が出会った記念日だとは聞いたようだが、具体的なことは知らないらしい。興味津々《きょうみしんしん》な様子で訊《き》かれて、リヒャルトは思い出すように少し考え込んだ。

「学生の時は同室だったから、部屋で酒を酌《く》み交《か》わして話をしたりとか……。門限を破って、星空の下を馬で遠乗りしたりもしましたね」

「へぇ。意外と不良だったのね」

「その後、一年間の感謝を込めた詩をフレッドが朗読してくれたり」

「詩の朗読⁉　しかも星空の下って……男の子同士の友情って結構ロマンチックなのね……」

「卒業後は二人で旅に出ることが多かったですね。フレッドが竜退治《りゅうたいじ》や宝探しの冒険《ぼうけん》に行きたいと言うので、大陸のあちこちに行きましたよ」

「ふぅん。なんか楽しそうね！　それはちょっと、男同士の付き合いって感じがするわ」

散らばった木片《もくへん》を拾い集めながら羨《うらや》ましそうに言うミレーユに、リヒャルトは少し意外な思いで言ってみた。

「あなたも、なんだか楽しそうですね」

路地裏の一件を思えば、またよそよそしい態度に出られそうなものだ。するとミレーユは驚《おどろ》いたように目を丸くした。

「わかる？　実はね、さっきすごいことがあったのよ。お芝居《しばい》の一場面みたいな」

「へえ……。どんな？」

思い返せばひどく劇的な一日だったような気がする。一体どれのことだろうとリヒャルトが考えていると、ミレーユは夢見るような目つきになった。

「帰ってくる途中《とちゅう》、たちの悪いやつに絡《から》まれたんだけど、知らない人が颯爽《さっそう》と助けてくれたの。すっごく強くて、恰好《かっこ》よかった……。あ、恰好いいっていってもあなたほどじゃないけどね。あのあざやかな技《わざ》はぜひとも習得したいわ」

「……え？」

今日はずっと彼女を尾行《びこう》していたから、どこで誰《だれ》に絡まれたのかは把握《はあく》している。他人に助けられたのは、唯一《ゆいいつ》あの時だけのはずだ。

「リヒャルトがその悪者だとするでしょ、で、あたしがその恰好よかった人ね。まず、こう来たところを、こう……」

わけがわからず考え込むリヒャルトをよそに、ミレーユはその場面を実演つきで説明しはじめた。

「相手の凶器《きょうき》を振《ふ》り払《はら》い、後ろに下がったところに、こう！　よ。剣を抜《ぬ》いて、逆手に握《にぎ》ったまま首筋にガッと！」

言いながら興奮してきたのか、ミレーユは頬を上気させている。されるがまま傍《そば》の壁《かべ》に押しつけられながら、リヒャルトの頭の中に疑問符《ぎもんふ》がうずまきはじめた。

「ま、自分でやる時は、さすがに剣は無理だし、木刀を使うつもりだけど。でも身長が足りないから、あんなに恰好よくはできないわね、きっと」

「……」

「ほんとに物語の騎士《きし》様みたいだったの。ちょっとときめいちゃったわ。普通《ふつう》の女の子なら絶対好きになるんじゃないかしら。おかげで緊張《きんちょう》して頭が真っ白になっちゃって、ちゃんとお礼も言えなかったけど……」

いかにも心残りという表情でつぶやくのを見つめ、リヒャルトは嘆息《たんそく》した。

「いえ、ちゃんと言ってもらいましたよ」

「へ？」

「俺です。あの時あなたを助けたのは」

自己申告《しんこく》するのもあざとい気がしたが、なぜ認識《にんしき》されていなかったのかが気になって仕方なかったため、照れくささを押し隠《かく》して告白する。

ぽかんとして見上げてきたミレーユが、みるみる赤くなって目をむいた。

「何それ!?」

「こっちの台詞《せりふ》です……」

「あーっ。そっか、逆光で顔はよく見えなかったんだっけ……。もうっ、早く言ってよね。恥《は》ずかしいじゃない！　何回『恰好いい』って言ったと思ってるのよ」

「俺のほうが気恥ずかしいですよ。というか、そんな理由ですか……？」

「だって、あの時はあたしも動揺《どうよう》してたのよ。相手は凶器を持ってたでしょ。そこに急に助けにきてくれたからびっくりして……。それに、ほんとにあの時は急いでて、心に余裕《よゆう》がなかったのよね」

「……」

「……ごめんね。怒《おこ》った……？」

噴《ふ》き出しそうになるのを懸命《けんめい》に堪《こら》え、リヒャルトは首を振《ふ》った。また怖《こわ》い思いをさせたと気に病《や》んでいたのに、それも思い違《ちが》いだったらしい。その理由がまたミレーユらしくて楽しくなった。

「それにしても、なぜあんなに急いでたんです？　パンはもう焼けていたのに、わざわざ小麦粉を買いに行ったりして」

「それは……、あなたへの贈《おく》り物が失敗しちゃったからよ」

「贈り物？」

「あなたたちの記念日のために、新作のパンを焼こうと思ってたら、いろいろ頑張《がんば》りすぎて変な味のばっかり出来ちゃったの。あなたが来る前に作るつもりだったのに、途中で小麦粉がなくなったもんだから、急いで買いに走ったのよ」

渋々《しぶしぶ》といった顔で打ち明けるミレーユを、リヒャルトはまじまじと見つめた。

今日一日必死に駆《か》け回っていた姿や、ナイフを持った男に襲《おそ》われた時、小麦粉の入った紙《かみ》袋《ぶくろ》を庇《かば》うように抱《だ》きしめていた姿を思い出し、暖かな気持ちが込みあげる。――護衛役の枠《わく》をはみ出したところでも守ってあげたい。そんな思いが。

「……ありがとう。嬉しいです」

「そう？　よかった。でも結局間に合わなかったんだけど……」

「抱きしめたいくらい、幸せです」

「そ、そこまで言われると照れるわね。あたし、パンを作るしか能がないから」

「ちょっと、抱きしめてもいいですか？」

「な……なんでっ？　なんでそんな、朝の挨拶《あいさつ》するみたいに爽《さわ》やかな顔してそんなこと言うの」

ぎょっとしたように一歩後退《あとずさ》るミレーユに、リヒャルトは少し考えて答えた。

「今日を祝ってくれるなら、一つ願い事を聞いてくれないかと思って」

我ながらちょっと苦しいような、そして卑怯《ひきよう》な気もする申し出だったが、ミレーユは葛藤《かっとう》するように目を泳がせた後、うなずいた。

「……そんなんでいいなら、いいけど。肝心《かんじん》のパンも作れなかったし、しょうがないわね。今日はお祝いだし……」

誰に対してなのか言い訳のようにぼそぼそと赤くなって言うので、リヒャルトは笑って腕《うで》をのばした。

「い、言っとくけど、これはただのお祝いよ。あなたがフレッドの友達になってくれてよかったって思うから、だから……、聞いてる？」

「はいはい」

焦《あせ》った顔でむきになって言うのを軽く引き寄せる。なぜだかほっとしてしまったのは、こうしていれば安全だと思ったからかもしれなかった。

「褒《ほ》めてもらって嬉しいけど、でもナイフを持った男と喧嘩《けんか》をするような真似《まね》は金輪際しないでくださいね。本気で寿命《じゅみょう》が縮みましたよ」

「いつもはしないわ。下町じゃ、勝負に刃物《はもの》を持ち出さないってのが暗黙《あんもく》の了解《りょうかい》なんだから。なのにあの陰険《いんけん》男……」

「いや、問題はそこじゃなくて」

思わずため息をつく。やはり日頃《ひごろ》から勝負を挑《いど》まれることに慣れているらしい。

「今日はあなたのいろんな面を知れて嬉《うれ》しかったけど、ものすごくはらはらしましたよ。できればもう、一時も目を離《はな》したくないくらいです」

腕の中にいるのをいいことに、金茶色の髪《かみ》をそっと撫《な》でる。フレッドの身代わりの時の金髪《きんぱつ》より、こちらのほうが優《やさ》しい感じがして、似合っていると思った。

抱き寄せられたまま、ミレーユはじっと黙《だま》っている。『願い事だから』と義理堅《ぎりがた》く耐《た》えているのだろうとリヒャルトは苦笑《くしょう》して離れようとしたが、途端《とたん》、がしっとしがみつかれた。

「リヒャルト……なんかいい匂《にお》いする」

「え？」

しっかりしがみついたミレーユが、上着の中に顔を突《つ》っ込んで鼻をひくつかせている。

「何の匂いだっけ……。甘さの中にも弾《はじ》けるような酸《す》っぱさ……」

「あ……、あの、ちょっと……？」

「思い出せない、ここまで出かかってるのにっ！」

何かを探《さぐ》るようにべたべたと身体《からだ》を触《さわ》られ、リヒャルトは面食《めんく》らった。

これだけ密着しているのにこのあっけらかんぶりは、明らかに男として意識されていない。

それが少し面白《おもしろ》くなかったので、パッと手を握ってみた。

「——そんなに近づいて、逆襲《ぎゃくしゅう》されても知りませんよ。いいんですか？」

「へ？」

顔をあげたミレーユは、やっと互《たが》いの距離感《きょりかん》に気づいたらしく、ぎゃっと叫《さけ》んで飛び退《の》いた。

「ご、ごめん、なんかおいしそうな匂いがしたから、つい……」

「……？　ああ、そういえば」

土産《みやげ》として購入《こうにゅう》していた菓子《かし》のことを思い出した。揚《あ》げ菓子に砂糖と柑橘《かんきつ》の果汁《かじゅう》をからめたもので、ミレーユが以前好きだと言っていたものだ。

「懐《ふところ》に入れていたから、少し溶《と》けているかもしれませんが。それでもよかったら」

「わぁ、ありがとう！　あたしが一番好きなやつ、なんで知ってるの？」

嬉しそうな顔に自分も嬉しくなって、リヒャルトは包み紙を開いた。いつものように食べさせようとしたが——焼けるような視線が突き刺《さ》さるのを感じ、はっとそちらを見やる。

「……こんな往来で何をやってるのかな？　きみたち……」

ゆらり、と店の入り口からエドゥアルトが姿を現した。

まるで計ったかのような登場に、はたと顔を見合わせた二人は慌《あわ》てて離れた。つい会話に熱中しすぎて、ここがどこかということをすっかり忘れていたのだ。

「い、いつからそこに……」

「泣きそうなくらい嬉しい、のあたりからすべて見せてもらったよ……？」

（そんなに初めのほうから……）

エドゥアルトの引きつった笑《え》みを見つめ、リヒャルトはごくりと喉《のど》を鳴らす。見られてはまずい場面がほぼ九割だ。

「ミレーユに襲われて喜ぶとは、なんて破廉恥《はれんち》な男だきみはっ！」

「そ、そんな、喜んでませんよ」

「ていうか襲ってないわよ！」

慌ててミレーユが口を挟《はさ》むが、リヒャルトへの対抗心《たいこうしん》で忙《いそが》しいエドゥアルトはフンと鼻を鳴らして秘密兵器を取り出した。

「私だって手ずから食べさせるもんね！　ほらミレーユ、リヒャルトがくれたのよりこっちのお菓子のほうが高級だよ。はい、あーん」

「あ……、えっと、ご飯前だからあとで食べるわ。じゃっ」

「ミレーユ!?　そんなっ、待ってえぇぇ――!!」

襲ったただの言われてようやく恥ずかしさを覚えたのか、ミレーユがそそくさと店の中に入っていく。あっさりかわされたエドゥアルトが涙目《なみだめ》でそれを追った。

「――残念。いいところまで行ったのにねえ。きみってほんとに間が悪いよね」

入れ違いに出てきたフレッドが、呑気《のんき》に笑って隣《となり》に並んだ。真っ二つに割れて転がっているかつて扉《とびら》だったものを見やり、楽しげな顔になる。

「今日はいいものを見せてもらったよ。貴様らーとか言って、らしくないくらいキレちゃってるきみをね」

「……やっぱり覚えてたか」

「そりゃもう」

　当然だと言わんばかりに大きくうなずいた彼は、肩《かた》に手をかけてさらに追及《ついきゅう》してくる。

「あの時さ……、俺の……何って言おうとしたの？」

リヒャルトは少し考え、笑って答えた。

「そんなこと言ったかな」

「とぼけるのが上手だねえ」

あははと笑って、フレッドは中に入っていく。それ以上は突っ込む気がなさそうなその背中に、そっとつぶやいた。

（——嘘《うそ》はついてない）

頭に血が上ってよく覚えていないくらい、彼の妹のことしか考えていなかったのだから。他《ほか》の答えを出さなくても、今はまだ許してもらえるだろう。

オールセン家の人々とベルンハルト公爵《こうしゃく》に『二人の出会い記念日』を祝ってもらい、ミレーユから心づくしの手作りパンを贈られたリヒャルトが、帰りの馬車の中で摩訶不思議《まかふしぎ》な味に耐えられず盛大に噴《ふ》き出したのは、それから数日後のことである。

身代わり伯爵と
危ない保護者

のことだった。

ロジオンがミシェルを異様に気にしている。アレックスがそれに気づいたのは、本当に偶然《ぐうぜん》

「君はロジオンと何か特別な関係でもあるのか？」

とある日の朝食の席。向かいに座るミシェルにそう切り出すと、ともに女顔という劣等《れっとう》感を持つ者同士、たった今同盟を結んだばかりの盟友は、きょとんとして瞬《また》いた。

「ないよ、どうして？」

「いや……」

アレックスは言い淀《よど》んだ。ロジオンが、ミシェルの寝室《しんしつ》がある三階へ続く階段の前を毎夜うろついては階上をちらちら窺《うかが》っていることや、団長や先輩《せんぱい》たちがミシェルを風呂《ふろ》に誘《さそ》うたび射殺しそうな目で睨《にら》んでいることや、やたら部下に対して肩を組んだり熱い抱擁《ほうよう》をしたがる団長がミシェルに対してそれを仕掛《しか》けた時に殺気走っていることなど——どうやら本当に何も気づいていないらしい。

「彼、君のことを気にしているようだから。いつも君を目で追ってるし」

「は……？」

怪訝《けげん》そうに首を傾《かし》げるミシェルに、アレックスは声をひそめて続けた。あまりこういう憶測《おくそく》は口にしたくなかったが、友情のためだ。なぜなら、彼が今も遠くからこちらを見ているのを

ありありと感じるから。彼、君に邪《よこし》まな思いを抱《いだ》いてるのかもしれない」

「気をつけろよ。

「邪ま、って？」

「狙《ねら》われてるってことだよ」

「——!?」

ぎょっとしたように目を瞠《みは》り、ミシェルは慌てて周囲を見回した。しっかりロジオンと目が合ってしまったようで、しかも即座《そくざ》にそらされて、みるみる顔色が青くなる。

（まあ、びっくりするよな。そりゃ）

学生の頃《ころ》、男所帯ではそういうこともあるんだぜと先輩達に脅《おど》かされてはいたものの、まさか身近でそんなことが起こりかけるとは、アレックスも想像していなかった。

ミシェルはうろたえた顔で黙《だま》り込んでいる。よほどショックだったんだなと、アレックスは同情して力強く言った。

「心配するな。彼の指導官は僕だから、君を毒牙《どくが》にかけようとするなら必ず止めるから」

もし本当に行動を起こそうとしたら、その時は自分の口から上に話そう。とにかく動向に注意することが肝要《かんよう》だ。動揺《どうよう》する盟友に代わって自分が気を配っていようと、この時はまださほど深刻にもならずに思っていた。

離宮《りきゅう》での第五師団の任務はといえば、離宮全体の清掃業務《せいそうぎょうむ》である。地道な拭《ふ》き掃除《そうじ》やハタキがけ、柱や装飾品《そうしょくひん》を磨《みが》いたりなどの作業が毎日あちらこちらで繰《く》り広げられていた。

ただし書記官は個別の仕事があるためそれらを免除《めんじょ》されている。アレックスは資料室での作業を任され、書架《しょか》に処理済みの資料を片付けていた。

隣の書記官室からは先輩であるラウールの怒鳴《どな》り声が時折聞こえてくる。しごかれているのは、最近はもっぱらミシェルだった。気の毒には思うが新人の誰《だれ》もがたどる運命なのだ。

（しかし、言い返すんだからすごいよな、ミシェルも。僕が新人の時はそんなことできなかった……）

——朝食の席での打ち明け話の後。

『教えてくれてありがとう。これからはぼくも気をつけるよ』

神妙《しんみょう》な顔で言ったミシェルは決意に満ちた目をしていた。やかまし屋の先輩にも食《く》らいつくらい根性《こんじょう》あふれる彼のことだから、案外自分一人で対処できてしまうのかもしれない。

そんなことを考えていると、慌《あわ》ただしく隣の扉が開く音がした。聞こえた声からして、どうやら書類を届けに行けと命じられたミシェルが飛び出していったようだ。ちょうど自分の仕事も終わったところだったため、手伝ってやろうとアレックスは資料室を出た。

廊下《ろうか》を走っていくミシェルの背中が見える。声をかけようとして、ふと眉《まゆ》を寄せた。

（あれ……？　ロジオンじゃないか？）

自分とミシェルの中間あたり、廊下の分岐《ぶんき》した地点に潜《ひそ》むようにロジオンが立っていた。視線は明らかにミシェルに向いており、物陰《ものかげ》を見つけては隠《かく》れながら徐々《じょじょ》に移動していく。何をしているのかと観察していたアレックスは、はたと気づいて息を呑《の》んだ。

(え……、もしかして、ミシェルを尾行《びこう》してるのか⁉)

廊下には他の団員も行き交《か》っているし、ところどころ掃除している者もいるのだが、それに出くわすとロジオンは素知らぬ顔で風景にまぎれてしまう。かなり尾行に慣れているようだ。

(おいおい……。彼、本気でやばいんじゃないのか)

つけられているとも知らずミシェルは早足で歩いていく。はらはらしながらアレックスは二人を見守った。

(気づけよ！　君、つけられてるって！)

やはりここは走っていって教えてやるべきだろうか。彼は一切《いっさい》気づいていないようだし——と思った矢先だった。ふいにミシェルが足を止め、くるりと振《ふ》り返った。

何かを探すかのように慎重《しんちょう》な様子であたりを見回している。やがてその視線がとある一点で止まり、彼はキッと険しい目つきになった。

そこはまさしくロジオンが潜んでいる廊下の曲がり角の陰《かげ》だった。ミシェルはすごい勢いで戻《もど》ってくると、物陰にいた男を引っ張り出した。

「ちょっと！　さっきからなんだよ！　ずっとぼくのことつけ回して！」

どうやら彼は気づいていないふりをしていたらしい。アレックスはほっとして、捕《と》らえられた男に目をやった。

その、白い前掛《まえか》けと頰被《ほおかむ》りをして羽根ぼうきを持った――。

(……!? ちょ……、ち、違《ちが》う! それ別人だよミシェル!)

あざやかすぎる人違いにアレックスは目をむいた。なんてお約束な間違いをするのだろう。

引っ張り出された通りすがりの団員は訝《いぶか》しげにしている。無理もない。

「いや、別につけてねーよ? おまえのことなんか」

「そんな変装なんかして、しらばっくれようったってそうはいかないから!」

「んだよ、俺の仕事着にケチつける気か? しょうがねえだろ、ここ埃《ほこり》がすごいんだよ……」

いちゃもんをつけられた男とミシェルが言い合っているのを、ロジオンは別の物陰から鋭《するど》い目つきで見つめている。この事態が自分のせいだとわかっているのかどうか、この期《ご》に及《およ》んでまだ尾行するつもりらしい。

(ミシェル……完全に注意力が違う方向にいっちゃってるよ……)

助言を受け入れて周囲を気にしてはいるようだが、相手を間違えては意味がない。ますます心配になったアレックスは、ロジオンに尾行されるミシェルを当面自分も尾行してみることにしたのだった。

昼食後、仕事が始まるまでの間はわずかな休憩《きゅうけい》時間が設けられている。団員たちは思い思いの時間を過ごしていた。

「アニキー！　そろそろ昼の散歩に行きましょうか！」

食器を戻して卓《たく》に戻ると、テオが笑顔《えがお》で待ちかまえていた。

「いいよ。でも配膳係《はいぜんがかり》のサーシャさんに頼《たの》まれ事してるから、その後でね」

「なんすか、頼まれ事って。アニキをこき使うなんて許せねえ！　オレに任せてください、一《いっ》瞬《しゅん》でそいつを黙らせて――」

「そのナイフをどうする気⁉」

すっと懐《ふところ》からナイフを取り出して踵《きびす》を返そうとするテオを、ミシェルが目をむいて止める。

「どうって、シメてやるだけっすよ。ナイフ投げの的にして」

「馬鹿《ばか》っ！」

「いてっ！」

強烈《きょうれつ》な拳骨《げんこつ》を頭に食らい、テオが悲鳴をあげる。

「いちいち暴力に訴《うった》えるのやめろって言ったでしょ！　刃物《はもの》で脅《おど》すのもだめ！」

「ハイ！　すいません！」

「いや、君のそれも暴力なんじゃ」

拳《こぶし》を構えたまま叱《しか》りつけるミシェルにアレックスは冷静に突《つ》っ込んだ。しかしテオはそんな暴力を受けたというのに頬《ほお》を染めてどことなく嬉《うれ》しそうにしている。

（相変わらず馬鹿だな……）

心の中でつぶやき、アレックスは話を戻した。

「で、頼まれ事って何なんだ？」

「果樹園のリンゴをもいできてって。高いところまで手が届かないからって」

「へえ。でもそんなの、君のやる仕事じゃないだろ？　厨房《ちゅうぼう》の誰かがやればいいのに」

「いいんだ。サーシャさんにはいつも賄賂《わいろ》をもらってるから」

「賄賂って……飴玉《あめだま》とかだろ？」

そんな子供だましなものを渡《わた》されて、いい雑用係にされているのではと呆《あき》れて言うと、ミシェルはどこかうっとりしたような顔つきになった。

「だって、今日の夕食につけるデザートのためのリンゴなんだよ。プディングなんてめったに献立《こんだて》に載《の》らないじゃない。絶対取りに行かなきゃ！」

「プディングぅ？　そんな蒸《む》し菓子《がし》くらいで、気合い入れすぎだろ。いくら嬉しいからってそんな女の子みたいな口調でうきうきしなくても……」

まるで甘いものが大好きな女の子じゃないか。と笑おうとして、アレックスはハッとした。

「ごめんっ！　女顔同盟の盟友に対して僕はなんて非道なことを！」

「え？　なに？」

彼の両肩《りょうかた》をつかんで懺悔《ざんげ》したが、ミシェルは気づかなかったようできょとんとしている。そこに空気を読まずテオが頬を上気させて割り込んだ。

「ってことは、またアニキの華麗《かれい》なる木登りの妙技《みょうぎ》が見られるんすね！」

「いやー、高い木じゃないから、技《わざ》は見せられないよ」

「なんだよ技って。何を照れてるんだよ」

この二人は——いや加えて他《ほか》の舎弟《しゃてい》たちもだが、普段《ふだん》どんな交流をしているのか。呆れてアレックスは眺《なが》めていたが、はたと鋭い視線に気づいて振り向いた。

（この熱い眼差《まなざ》し……もしかして……!?）

厨房との境にある窓口で、他の者のぶんも食器を片付けながらこちらを見ている男がいる。

——案の定ロジオンだ。

ミシェルとテオが話しながら出ていくのを目で追った彼は、片付けを強引《ごういん》に切り上げると足早に食堂を出ていった。

（つけていく気だな……。まさか、何かしでかすんじゃないだろうな）

二人が話していたのが気に入らないのだろうか？　心配になったアレックスは急いで彼らの後を追った。


菜園の隣《となり》にある果樹園には、すでに大勢の人間が集まっていた。ミシェルの行く先にはテオもついていくし、テオの行く先には彼の用心棒がついていくのだから、この大人数も今となっては別段珍《めずら》しくない。

そして、物陰を探せばやはりロジオンがいる。

(うわぁ……なんて険しい顔で見てるんだよ……)

ミシェルを気に入っているようなのはわかったが、他の者と会話するくらい大目に見てもいいだろうに。

そんなアレックスの呆れる思いとロジオンの視線にはまったく気づかず、ミシェルはカゴを背負い、裸足《はだし》になって枝に手をかけた。幹も枝もしっかりとした大きな木で、やや横長に枝が伸《の》びている。外側の実は収穫《しゅうかく》済みらしく、手の届かない場所にばかり生《な》っていた。

「あー……ちょっと登りにくいな。足場になるものを持ってくればよかった」

「あっ、じゃあオレ手伝います！」

兄貴分のつぶやきを聞きつけたテオが、返事を聞くより先にミシェルの腰《こし》に手をかける。

「そのまま弾《はず》みをつけて登ってください。せぇのっ！」

枝にぶらさがって半分浮《う》いていたミシェルの尻《しり》を、テオが思いきり押し上げる。途端《とたん》、その場に絶叫《ぜっきょう》が響《ひび》いた。

「ぎゃ――!! どこ触《さわ》ってんのーっ！」

「げふぅ！」

「坊《ぼっ》ちゃんん――！」

後ろ蹴《げ》りに足蹴りが決まり、テオはのけぞって尻餅《しりもち》をついた。周囲にいた用心棒らが慌《あわ》てて駆《か》け寄る。

「あ……アニキ？」

ぽかんとして見上げるテオに、ミシェルは顔を赤くして叫《さけ》んだ。

「断りもなくそんなとこ触るな！」

「すっ、すいませんっ！」

不興を買ったと気づいてテオががばっと勢いよく土下座する。焦《あせ》った顔で頭を上げたが、その鼻先をかすめ、シュッと風を切って何かが通り過ぎた。

「………？」

「もういいから、リンゴ取ったらカゴを渡すから、それまで大人しくしてて！」

「あっ、ハイ！」

一瞬怪訝《いっしゅんけげん》な顔をしたテオだが、兄貴分の指示に気を取られて、飛んできた物体の件についてはすぐ忘れてしまったようだ。そのまま彼らは、ミシェルがリンゴを収穫し終えるや撤収《てっしゅう》していった。

一人残ったアレックスは、おそるおそる木のあるほうへ近づいた。

（さっきのあれって、ロジオンのいた方角から飛んできたよな。それも明らかに不良めがけて……）

ロジオンが消えているのを確認《かくにん》し、近くの木の幹に突き刺《さ》さっていたそれをおっかなびっくり引き抜《ぬ》いてみる。薄《うす》い金属製のそれは、先端《せんたん》の尖《とが》った角がついた、何やら車輪のようにも見える珍しい武器だった。

(……待てよ。これ、どこかで見たことあるぞ)

ふと思い出し、アレックスは急いで資料室へと走った。

仮にも騎士団《きしだん》付き書記官室なのでかなり豊富な資料が揃《そろ》っている。思ったとおりその文献《ぶんけん》もあった。『東大陸大辞典』と銘《めい》打たれたそれの武器の項《こう》を繰《く》ってみると、図説つきで書かれていた。

『名称《めいしょう》・手裏剣《しゅりけん》。刃先《はさき》は鋭《するど》く研《と》がれ、攻撃《こうげき》対象に遠くから投げつけて殺傷する。刺さるととても痛い。使うのは忍者《にんじゃ》と呼ばれる者が主である』

「…………ニンジャ?」

アレックスは眉《まゆ》を寄せ、『手裏剣』を手に取った。

(彼……忍者なのか? それともただの武器マニア? いや、どっちにしろ危ない! こんなものを常備してる上、普通《ふつう》に人に向かって投げるなんて。尋常《じんじょう》じゃない危険人物だ……)

これはやはり上に報告するべきかもしれない。アレックスは緊張《きんちょう》の眼差しで食い入るように手裏剣を見つめた。


その日の夕食は、予告どおりリンゴの蒸し菓子がデザートとして登場した。

これまでデザートと言えば季節の果物がせいぜいだったため、珍しい献立に皆《みな》の雰囲気《ふんいき》も心なしか明るい。中でもミシェルはそれが顕著《けんちょ》で、通りかかった副長のイゼルスに「本当にうまそうに食べるんだな」との評までもらっていた。

「はぁ……。ママが作ってくれたプディングを思い出すなぁ。お酒に漬《つ》けた木の実とか木苺《きいちご》が入ってて、すっごくおいしかったんだぁ……」

遠くを見るような目つきで、ミシェルはしみじみと吐息《といき》をついた。ふうん、と相槌《あいづち》を打ったアレックスは、軽く笑って付け加えた。

「君、母親のこと、いまだにママとか言ってるのかよ」

「あっ……お、おふくろがさぁ！」

「いや、無理しなくていいって」

少し顔を赤くして言い直したミシェルに思わず噴《ふ》き出すと、同じ食卓《しょくたく》についていた舎弟たちも楽しげに笑った。

「……でも、やっぱり国によって味付けとか違《ちが》うのかな。おいしいんだけど、全然味が違うね」

笑われて決まり悪そうにしていた彼が、気を取り直したようにつぶやく。

「今まで食べてたのは、お酒が効いてて甘酸《ず》っぱい感じだったけど、これは甘みが強いよね。蜜《みつ》が多いのかな」

「菓子《かし》なんてどれも同じだろ？」

「何言ってるの、全然違うよ！　そういえばサーシャさんにもらった賄賂も、全体的にそうだったっけ……。シアランの人ってもしかして甘党？」

「そんな統計、聞いたことないけどな。大陸南部のシアランより、北部の寒い地方で甘味が発達してるっていうならまだわかるけど」

違う説を唱えた途端、ミシェルの横にいたテオが勢いよく割り込んできた。

「おいガリ勉！　秀才《しゅうさい》ぶってそれらしいこと言ってんじゃねーよ。アニキに逆らうな！」

「うるさいな……。別にぶってないだろ」

顔をしかめて言い返したアレックスは、ふと人の気配を感じてそちらを見た。

食卓の傍《そば》——卓の端《はし》に座るミシェルのすぐ横に誰《だれ》かが立っていると思ったら、なんとロジオンである。団員たちが行き交《か》う中、雑然とした空気にまぎれていたので今まで気づかなかったのだ。

（い、いつの間に）

すっかり油断していたところへ現れた危険人物に、思わずぎょっとして息を呑《の》む。しかし卓《たく》上《じょう》ではシアラン菓子《がし》の甘さ談義が続いており、他の誰も気がついていない。

「アニキさん。シアランの菓子が甘いのは、単に甘みの材料となるものが豊富に安く手に入るからじゃないですかね」

舎弟の一人が始めた話に、ミシェルはすっかり気を取られている。

「材料って……砂糖？」

「そうです。何しろシアランには大陸一といっても過言ではない港湾《こうわん》都市がありますからね！

入ってくる物資は豊富、問屋同士は競合するってんで、他の国より少し安めに仕入れができるんですよ」

「へー！　そうなんだ……」

ひたすら感心するミシェルは、続きを聞こうとそちらに身を乗り出している。

その隙《すき》をつき、ロジオンが素早《すばや》くミシェルの皿を取り上げた。代わりに自分の持っていた皿をそこへ置くと、何食わぬ顔をしてその場を離《はな》れようとする。

あらたに置かれた皿には、切り分けられたばかりのプディングが載《の》っていた。

（た……食べ物で釣《つ》る気か――!?）

一部始終を目撃《もくげき》してしまったアレックスは、話を聞き終えたミシェルが視線を戻《もど》すのを固唾《かたず》を呑んで見つめた。

（これはさすがにバレバレだぞ。ミシェルは明らかに半分以上食べてたんだ、増えてることに気づかないわけがない）

「ふうん、菓子職人を目指してたんだ。それでそんなに詳《くわ》しいんだね」

「へへっ。何の因果か海の男になっちまった上、今じゃこうして用心棒をやってますけどね！」

「いや、でも今からでも目指したらいいじゃない。そこまで……」

と、ミシェルはプディングに匙《さじ》を入れかけて、異変に気づいたのか動きを止めた。訝《いぶか》しげに真新しいデザートを見つめたが――すぐに満面の笑《え》みになってそれを食べ始める。

盟友の予想外の行動にアレックスは目をむいた。

（おい――!?　気づけよ！　明らかにさっきと違ってるだろ!?　いや、気づいてるけど食欲《しょくよく》に負けて、見なかったことにしたのか!?）

立ち去りかけたロジオンはと見れば、幸せそうなミシェルの様子を確認して心なしか満足げにしている。

（なんなんだ……一体なんなんだよ、この二人の関係……！）

ロジオンは邪《よこし》まな思いを抱《いだ》いてミシェルに接近しようとしているのではないのか？　それにしては下心が見えなさすぎる。それにミシェルもミシェルだ。こんな調子では、もし毒でも盛られる事態になったら一遍《いっぺん》でおしまいだ。お菓子に夢中になるのも大概《たいがい》にしたほうが――。

（……あれ？）

ふと違和感《いわかん》に気づき、アレックスは正面に座る盟友を見つめた。

「ていうか君、記憶喪失《きおくそうしつ》じゃなかったっけ。母親のこととか覚えてるのか？」

途端《とたん》、ぴたりとミシェルが固まる。しばし沈黙《ちんもく》ののち――。

「……う！　頭が、頭がー！」

「大丈夫《だいじょうぶ》かよ！」

急に頭を押さえて苦しみ出した盟友に、アレックスは慌《あわ》てて身を乗り出した。

「アニキ!?」

「アニキさん！」

「うーん、無理に思い出そうとしたから急に頭痛がー。痛いよー」

どことなく棒読みでしかも説明的ではあったが、いつも健康な彼の突然《とつぜん》の苦しみようにアレックスはなんとか介抱《かいほう》しようとした。

「そうか、失われた記憶《きおく》と君の現在の脳内が拒絶《きょぜつ》反応を起こしてるんだな。落ち着くんだ、誰も君の過去を詮索《せんさく》したりしないから、ゆっくり息をして！」

肩《かた》を叩《たた》いてなだめていると、立ち去りかけていたロジオンがカッと目を見開いて振《ふ》り返り、足早にやってきた。

勢いよく己《おのれ》の懐《ふところ》に手を入れた彼は、取り出した小瓶《こびん》をそっとミシェルの前に置いた。それから無言のまま去っていった。

中には丸薬が詰《つ》まっており、貼《は》られたラベルには〈痛み止め　頭痛によく効く優《やさ》しさです〉と書いてある。――師団の医務室にある頭痛薬だった。

「いや、これそういう頭痛じゃないから！　たぶん！」

なぜそんなものを懐に入れているのか。あの様子ではその他にも各種薬品を揃《そろ》えているに違いない。

（いざという時のために薬一式持ち歩いてるのか？　お母さんかよ……）

ますますロジオンが謎《なぞ》に思えてきたアレックスだった。

その後、失った記憶のことで苦しんでいたミシェルはデザートを完食したことで落ち着きを取り戻したらしく、騒《さわ》ぎを知らない先輩騎士《せんぱいきし》らに誘《さそ》われて元気に酒盛りへと出かけていった。

(こんな日くらいやめとけばいいのに。義理堅《ぎりがた》いっていうか、先輩の誘いを断れないんだな)

どうもミシェルは団員との酒盛り参加に使命を感じているふしがあるのだ。特に団長が参加すると聞けばまず間違《まちが》いなく出かけていく。

(団長は酒豪《しゅごう》だからな……。ミシェルも酒に強いみたいだし、飲み仲間ができて喜んでるに違いない。心配だし見にいってみるか)

今夜の酒盛り会場を調べて行ってみると、そこはすでに宴《えん》もたけなわだった。

「ぃよーし！　私が世界征服《せかいせいふく》を達成したあかつきには、おまえたちを大臣にしてやろう！　おまえは酒蔵大臣《さかぐら》な！」

男たちの輪の中、隣《となり》にいる部下の肩に手を回し、うひゃひゃと陽気に笑っているのは団長その人である。酔《よ》うと世界征服に行きたくなるらしく、その台詞《せりふ》が出ればもうかなり酔っぱらっている証《あかし》なのだそうだ。

「おい少年！　おまえ日に日に強くなってないか？　今日もおまえだけまだ酔ってないだろう」

不満げな団長の声にそちらを見ると、確かに、赤ら顔の男たちの中に一人だけミシェルはけろりとして座っている。

「はあ……。ちゃんと飲んでるんですけど……」

彼は訝しげに手に持った杯《さかずき》を見下ろした。自分でもよくわからないらしい。

「今夜は勝ち逃《に》げはゆるさんぞ。一対一、男と男の勝負だ。どちらかが力尽《ちからつ》きるまで……」

団長は傍にいた部下に酒を注ぐよう促《うなが》すと、不敵な笑みでミシェルを見た。

「覚悟《かくご》しろよ。朝まで寝《ね》かさないからな」

離れたところで見守っていたアレックスは、うんざりと顔をしかめた。

（何の勝負だよ。鬱陶《うっとう》しい酔っぱらいだなぁ……）

「では、いざ！　尋常《じんじょう》に！　勝負！」

「はいっ！」

意味もなく騒がしいかけ声とともにその勝負は始まった。注がれた酒を互《たが》いに飲み干し、どちらかが「まいった」と言えば終了《しゅうりょう》という決まりらしい。

アレックスは渋《しぶ》い顔つきで眺《なが》めていたが、やけに手際《てぎわ》のいい酌係《しゃく》に気づいて目をむいた。

（——な!?）

両者の間にさりげなく陣取《じんど》り、交互《こうご》に酒を注いでいるのはロジオンだった。相変わらず神出鬼没《しんしゅつきぼつ》、そして大胆不敵《だいたんふてき》である。

（ミ、ミシェルー！　横！　横に君を狙《ねら》ってる男がー！）

しかしミシェルは勝負に夢中なのか、まったく気づいた様子がない。それをいいことにロジオンは何食わぬ顔で彼の杯と団長の杯を手早く満たしていく。

杯を空ける速度が上がっていき、転がる空の瓶《びん》も増える一方だ。周囲では団員たちがやんやと囃《はや》し立てている。酒を注《つ》ぐロジオンと酒の相手の団長、どちらに重点をおいて心配すべきかと混乱し始めた時、何か違和感を覚え、アレックスは目を細めてそれを凝視《ぎょうし》した。

（……瓶のラベルが違《ちが》う……？）

団長に注ぐほうの酒瓶とミシェルに注いでいる酒瓶と、貼られているラベルが違うのだ。銘《めい》柄《がら》の違う酒を適当に開けているというのではなく、それぞれ別の種類のものをわざわざ分けて注いでいる。

（なんでそんな面倒《めんどう》くさいことをしてるんだ？　団長に気を遣《つか》って高い銘柄を注いでるってわけでもないだろうし……）

首をひねりながら見入っていたアレックスだったが、やがて、恐《おそ》ろしい事実に気がついてしまった。

（ていうか、それ……酒じゃなくてただのジュースじゃないか⁉）

そう、ロジオンは、団長にはこれまでどおり酒を、ミシェルにはジュースをと注ぎ分けているのだ。どちらも中身は似たような色のため、酔っぱらいたちの注意力の前ではごまかしが利《き》いているらしい。

見れば、次々に杯を空けていくミシェルも怪訝《けげん》そうな顔をしている。何かおかしいとは思いつつも理由がわからないらしい。部屋に充満《じゅうまん》した酒の匂《にお》いで麻痺《まひ》しているのだろう。

（酔うわけないいんだよ！　だってそれジュースだから！）

これは明らかにロジオンの策謀《さくぼう》だ。そうまでしてミシェルと親しくする男を排除《はいじょ》したいのだろうか？

「く……、なかなかやるじゃないか、少年。私をここまで苦しめたのはおまえで三人目くらいだ」

やられる寸前の悪役のような台詞を吐《は》いて、団長がにやりと笑う。その手から杯がぽとりと落ちた。

「いい男になれよ。この腕白《わんぱく》、小僧《こぞう》……」

その台詞を最後に、団長は座ったままふらりと後ろに倒《たお》れ込んだ。

「団長——！」

「ああもう、トシだっつうのに無理するからー。十代の体力に勝てるわけないっしょ」

「おまえそっち持って。俺足持つから」

手慣れた様子の部下たちに団長が運ばれていく。ほぼ誰《だれ》一人心配していないのは、こんな状態になっても翌早朝には誰よりも元気に復活してくるからだ。

そんな騒ぎをよそに、酒盛りが終わったと見るや、ロジオンはさりげなくジュースの瓶を回収してミシェルの傍《そば》を離《はな》れていった。

（……一体なんなんだ、彼の目的……）

まるで当人に気づかれるのを望まないかのような隠密行動《おんみつこうどう》に、アレックスは考え込みながら彼を観察したのだった。

もうこれ以上黙《だま》って見ているのは我慢《がまん》できない。意を決し、アレックスはロジオンに直談判《じかだんぱん》に行くことにした。

翌日午後の任務の時間、彼は庭にいた。書記官室に一つだけある窓が見える場所である。室内にいるミシェルを見るためだろう。なんとも徹底《てってい》していることだ。

「ロジオン、ちょっといいか？　訊《き》きたいことがあるんだけど」

声をかけると、庭ぼうきを握《にぎ》った彼は無表情のまま向き直った。庭掃除《にわそうじ》を任されたのか、無理やり買って出たのかはわからない。急にあらたまって話を切り出されたというのに動揺《どうよう》したそぶりも見せなかった。

「――君、どうしてミシェルにつきまとってるんだ？」

ずばり訊《たず》ねてみると、ロジオンは少しの間無言でアレックスを見つめ、やがて口を開いた。

「つきまとってはいません」

「嘘《うそ》をつくなよ。ここ数日、君は明らかにミシェルの傍についてただろ。尾行《びこう》したり不良に向かって飛び道具を使ったり団長との飲み勝負で不正をしたり……。全部この目で見てたんだからな」

くいっと眼鏡をあげて追及《ついきゅう》するが、彼は狼狽《ろうばい》の『ろ』の字も見せない。

「アレックス卿に観察されていたことは気がついていました」

「好きで観察してたわけじゃない。君があんまりあやしいから……って、気づいてたのか⁉」

「はい」

真顔でうなずく彼を、アレックスは信じられない思いで見つめた。

(気づいてたのに、なんであんなことしてたんだ?)

理解できない。わざとやっていたとでも言うのか?

「しかし、自分がミシェルの傍にいたというのは全《すべ》て偶然《ぐうぜん》です」

「は? 偶然⁉ あれのどこが偶然なんだよ」

「偶然です」

あくまでロジオンは繰《く》り返す。どうやらその線でうやむやにしようとしているらしい。

「君は『偶然』で飛び道具を投げたり菓子《かし》の皿を入れ替《か》えたりするのか⁉ 無理ありすぎなんだよ! 廊下《ろうか》で尾行とか頭痛薬の件はまだ納得《なっとく》できるけど!」

指を突《つ》きつけて厳しく追及するが、ロジオンの鉄壁《てっぺき》の無表情は変わらない。

「飛び道具の件はたまたま訓練をしていたところ手が滑《すべ》ってしまっただけです。菓子の件は甘い物が苦手なためミシェルに食べてもらおうと思っただけです」

「そんな訓練はもっと人のいないところでやれよ! 菓子だって普通《ふつう》にミシェルに渡《わた》せばよかっただろ、あれじゃまるで奇術師じゃないか。知らない間にすり替えたりして」

「しかし、事実ですから」

どうあっても譲《ゆず》らないつもりらしい。彼の落ち着いた態度と語り口に、つい納得させられてしまいそうになる。

「――それより、自分もアレックス卿には訊ねたいことがあります」

急にロジオンの眼光が鋭《するど》くなり、アレックスは思わずたじろいだ。

「な、なんだよ」

「自分の見たところ、貴公もミシェルと随分《ずいぶん》親しくされているようですが」

「それがどうしたんだ?」

「何の思惑《おもわく》あって近づいているのかお聞かせ願いたい」

はあ?　とアレックスは口を開けた。

「思惑?」

「何かよからぬ目的あってミシェルにつきまとっているのではないのですか?」

剣呑《けんのん》な目つきで見据《みす》えられ、アレックスはぽかんとした後で、思わず立ちくらみを起こしそうになった。

「それは君だろ!?　なんで僕がミシェルにつきまとわなきゃならないんだよ!　だいたいよからぬ目的ってなんだよ!　神聖な女顔同盟を侮辱《ぶじょく》するな!」

「では、単なる親切心から接近していると」

「当たり前だ!　ていうか普通はそうなんだよ!　君はそうは見えないからこうして追及してるんだろ!」

「本当ですか？」

ロジオンはしつこく食い下がってくる。無表情の長身男にずいと迫《せま》られ、アレックスは一歩後退《あとずさ》った。

「いい加減にしろよ。自分がそうだからって、ミシェルに近づく男がみんな邪《よこし》まな目的があると思ったら大間違《おおまちが》いだ。言っておくけど、彼、ああ見えてれっきとした男だからな！　女顔だからって変なこと考えたりしたら、僕が許さないぜ」

盟友に迫る貞操《ていそう》の危機、ここは同盟を結んだ者としてなんとしても阻止《そし》せねばならない。真剣《しんけん》な顔で宣言したアレックスをロジオンは無言で見ていたが、やがて背後にある草むらへと目を落とした。

「……実は今、ここで薬草を採取していました。この時期にも自生しているものは貴重です。それに毒性も強い」

「は……？」

急に話が変わって戸惑《とまど》っていると、ロジオンは傍に置いてあったカゴの中から何種類かの草花を取り出した。

「これは翁草《おきなぐさ》といって、心臓の働きに深刻な影響《えいきょう》をもたらす毒草です。また、こちらは俗名《ぞくみょう》『悪魔《あくま》の子守歌《こもりうた》』と呼ばれるもので、永遠の眠《ねむ》りに誘《さそ》うと言われています。つまり毒草です」

「……はあ？」

いきなり解説が始まってわけがわからずにいるアレックスをよそに、ロジオンはさらに続けた。

「そしてこちらが『眠れる墓の死者』と呼ばれる毒草で、口にすれば墓場へ直行するほどの威《い》力《りょく》があります。最後のこれは、天使さえ力及《およ》ばず冥界《めいかい》へ連れ去ってしまうという、その名も『天使の嘆《なげ》き』です。ちなみに毒草です」

「なんで毒草ばっかり紹介《しょうかい》するんだよ！　いらないよそんな知識！」

毒薬を持っていると示して脅《おど》しをかけようというのか。それとも手っ取り早くそれらで抹殺《まっさつ》するつもりか？　そもそもなぜ離宮《りきゅう》の庭の草むらにそんな毒草ばかり生えているのだ。

顔を引きつらせるアレックスを、ロジオンはしばしじっと見ていたが、やがて目を伏《ふ》せた。

「わかりました。白状しましょう。自分がミシェルのことを気にしている理由は——故郷に置いてきた妹によく似ているからです」

「え……妹？」

はい、とうなずきロジオンは顔を上げた。

「覚えていますか。ミシェルを最初に発見したのは自分と貴公でした。あの時から実はミシェルに妹を重ねて見ていました」

もちろん、あの時のことはよく覚えている。アルテマリスから来る花嫁《はなよめ》の歓迎《かんげい》式典準備のため、イルゼオン離宮に向かう途中《とちゅう》のことだった。ちょうど休憩《きゅうけい》時間で、農場の閑地《かんち》に幌《ほろ》馬車《ばしゃ》を停《と》めて食事をとっていた時。小鳥と戯《たわむ》れていたロジオンがふいに立ち上がって川のほうへ向かったのを何気なく追っていったら、川面《かわも》に浮《う》かんでいたミシェルを見つけたのだ。

「そうなのか？　妹と……」

散々しらばっくれていたわりに今度はあっさり打ち明けたなと思いながらも、神妙《しんみょう》な顔でアレックスはつぶやいた。

「それでつい世話を焼いてしまうのですが、何分口下手《べた》で強面《こわもて》なため婦女子に正面から接すると怖《こわ》がらせてしまうおそれがあります。ゆえに陰《かげ》から見守っていたのです」

「いや、ミシェルは男だから。それに君、言うほど強面じゃないし気を遣《つか》いすぎだろ。……でも、そうか。なるほどな」

実を言えばアレックスも途中から違和感《いわかん》を覚えていた。最初のうちこそ邪まな目的でつけ狙《ねら》っていると思ったのだが、そのうち、もしやロジオンはミシェルを守っているのではという思いが浮かんだのだ。それは他《ほか》の男との接触《せっしょく》に対する悋気《りんき》ではなく、保護者のものに近い感情ではないかということも。――ただそうする理由がわからなかったから、あやしむしかなかった。

「まあ、事情はわかったけどさ。それにしても過保護過ぎやしないか？　たぶん彼、君の行動に一切《いっさい》気づいてないぜ」

「構いません。自分の自己満足ですから」

草花をカゴにしまいながら、それに、とロジオンは続けた。

「ミシェルは見ていて飽《あ》きません。自分の日々の楽しみです」

そう言った彼の目には、それまでなかった慈愛《じあい》のようなものが浮かんでいる。そこには嫌《いや》らしい思惑など微塵《みじん》も見てとれなかった。きっと妹のことを思い出しているのだろう。

申し訳なく思えてきて、アレックスはくしゃくしゃと髪《かみ》をかきあげた。

「……疑って悪かった。詫《わ》びを入れるよ。和解してくれるか？」

ロジオンはうなずき、握手《あくしゅ》の求めにも応じてくれた。

「——念のため最後に確認《かくにん》するけど……。本当に、ミシェルに対して邪まな思惑はないんだよな？　惚《ほ》れたはれたなんて絶対にないよな？」

しつこいと自覚しながらも、盟友の身の安全のためだからと窺《うかが》うように訊《たず》ねると、ロジオンの終始無表情だった顔が、ふっと一瞬《いっしゅん》ゆるんだ。

「ありえません」

簡潔に答え、彼は手を離《はな》して書記官室の見える窓のほうへ目を移した。

（……今、笑ったよな？）

初めて見た笑顔《えがお》らしき表情にアレックスは少し動揺してしまった。こんなに親身になって常に見守っていれば、今は妹の代わりとして見ていてもいつか恋心《こいごころ》に変わってしまうのではと、余計な心配をしてしまう。

（……いや、ミシェルは男なんだし、それはないか。何を考えてるんだ僕は）

「アレックス卿。もう一つ訊ねたいことがあるのですが」

「は？　何？」

見れば、ロジオンがつい一瞬前とは打って変わって鋭い眼差《まなざ》しで書記官室の中を見ている。聞き慣れた怒鳴《どな》り声がここまで響《ひび》いていることにアレックスも気がついた。

「彼——ラウール卿は、ミシェルに何か個人的な恨《うら》みでもあるのですか？　彼のしごきようは尋常《じんじょう》ではありませんが」

「あー……ラウール先輩《せんぱい》は誰《だれ》に対してもああなんだって。今のところミシェルは一番下《した》っ端《ぱ》だし、こき使われるのも仕方ない面もあるんだよ。まあ誰がどう見ても厳しいし、無茶《むちゃ》ぶりも日常茶飯事《さはんじ》だけど、別に嫌がらせしてるわけじゃないし……って、その毒草をどうする気だ⁉　先輩のことも抹殺するつもりかよ！　ちょ、手裏剣《しゅりけん》もだめだって！」

窓の向こうのラウールを見つめたままカゴから草花を、そして懐《ふところ》から飛び道具を取り出すロジオンを、アレックスは慌《あわ》てて止めた。あれだけミシェルのことを陰から見ていれば当然ラウールのしごきぶりも目に入っていただろうし、妹に重ねて見ている相手が理不尽《りふじん》ないじめを受けているのではと気が気でなかったのだろう。

「待てよ、早まるなって。だいたい、今怒鳴られてるのはミシェルじゃないしさ……」

なだめながら、あれ、と思う。そういえばさっきからミシェルの姿が中に見当たらない。また書類を届けに行っているのだろうか。

「……っ！」

突然《とつぜん》、ロジオンが素早《すばや》く草花をカゴに放《ほう》り込んだ。それから庭ぼうきを引っつかみ、何事もなかったような顔をして掃《は》き掃除《そうじ》を始めた。

「なんだよ、急に？」

唐突《とうとつ》な変わりようにもしや副長が見回りにでも来たのかと振《ふ》り向きかけると、鋭《するど》く制された。

「見ないでください。──つけられています」

「……!?　誰に？」

　ロジオンのこの緊迫感《きんぱくかん》はただごとではない。見るなと言われたのも構わず、アレックスは思わず振り向いてしまった。

　少し離れた庭木の陰《かげ》に隠《かく》れ、誰かがこちらを窺っている。真剣な顔で用心深く目だけのぞかせているのは──。

「………君かよ！」

　噂《うわさ》をすればなんとやらで、隠れて見ていた尾行者《びこう》はミシェルだった。ロジオンに狙われていると忠告したことを気にして、彼なりに謎《なぞ》を突《つ》き止めようとしていたらしい。

　目が合ったことに気づいたらしく、「しー！」と必死に目配せを送ってくる。アレックスは脱力《だつりょく》した。

「いや、バレバレだって……。なあ？」

「……」

「ロジオン？」

　見ると、ロジオンは素知らぬ顔をして掃き掃除に精を出している。今までちらりともやっていなかったくせに、もう何時間もそれをやっていますという顔だ。

「何知らん顔してるんだよ？　まさか、気づいてないふりをするつもりか？」

「自分は何も見ていません」

一心不乱に庭ぼうきを動かすロジオンを、アレックスは呆《あき》れて見上げた。

「そこまでして陰に徹《てつ》したいのかよ……」

自分には理解しがたい意地だ。しかし、ミシェルを見ているのは日々の楽しみだという彼の告白を聞いてしまった以上、同じように知らないふりをしてやる他ないだろう。――変な思惑《おもわく》を持っていないことも判明したわけだし。

(ま、確かに見ていて飽きないよな。彼)

ひそかに内心で同意すると、ミシェルに撤収《てっしゅう》を促《うなが》すべくアレックスは踵《きびす》を返したのだった。

身代わり伯爵と
真夜中の料理教室

シアラン騎士団《きしだん》第五師団長にして大公の側近であるジャック・ヴィレンス卿は、その日、物思いにふけりながら目的地へと向かっていた。

（そろそろ、お話は終わられた頃《ころ》だろうか――）

午後、大公は許嫁《いいなずけ》である公爵令嬢《こうしやくれいじよう》ミレーユの住まいを訪《おとず》れている。彼女の兄と会談するためだ。警備上、大公は彼女の館《やかた》にはジャックとその麾下《きか》である第五師団の一部の者しか出入りを許していないため、こうして師団長自ら迎《むか》えに行くこともしばしばある。だが彼が今足を運んでいるのは、一つの懸念《けねん》からだった。

（殿下《でんか》はおくびにも表には出されないが、おそらくかなりお疲《つか》れのはずだ。お身体《からだ》に障《さわ》らないうちになんとかお休みいただければいいのだが……）

前政権時のツケを代わりに払《はら》わされることになった新大公は、国内外に問題を山のように抱《かか》えている。おまけに議会は新旧政権派が各々《おのおの》主張を譲《ゆず》らず、時にはあからさまにいがみ合って大公にたしなめられることもあるという。

（お若い身空で何もかもを背負い込まれ、責任感のお強い殿下は心安らぐお暇《ひま》もないのだろう。なんとおいたわしい……っ）

思わず目頭《めがしら》を押さえたジャックだったが、すぐにきりりと顔をあげた。

（こんな時こそ、傍付きたる私が手を打たねばな。殿下の侍従《じじゆう》たちはそんなところまで気を回

していないようだし)

気持ちもあらたに、彼は案内された部屋の扉《とびら》の前に立った。

来訪を伝える取り次ぎの女官の呼びかけに、扉越《とびらご》しに「ああ、どうぞ」と疲れのにじんだ声が応じる。ジャックはその声にますます心配になりながら扉を開けたが——、

「殿下、お迎えにあがりまし……、…………!?」

そこにあった衝撃《しょうげき》の光景に、あんぐりと口を開けて固まった。

その時ミレーユは、教養の授業の真っ最中だった。もっと詳《くわ》しく言うと、試験の結果が悪かったために淑女《しゅくじょ》歩きで教室三十周の刑《けい》を受けているところだった。

「終わりました、先生……っ」

全身の筋肉を使う淑女歩きのせいで荒《あら》く息を切らしながら報告するミレーユに、担当教師であるラウールは何の感慨《かんがい》もない顔つきで新しい答案用紙を差し出した。

「よし。じゃあ次の試験だ。時間は三十分。用意」

「ちょっと待った!」

懐中《かいちゅう》時計で時間を計ろうとする彼を、ミレーユは荒《すさ》んだ目つきで遮《さえぎ》った。

「なんなんですか毎回毎回!　試験してるか歩いてるかどっちかじゃない!　これのどこがお

妃教育なのよっ！」

「おまえのおつむが残念すぎるのがいかんのだろうが。できないやつが生意気言うな！」

「そんなに偉《えら》そうに言うなら、あたしが質問した時くらいまともに教えてください！　毎回『本で調べろ』しか言わないんじゃ先生がいる意味ないじゃない！」

「なんだと！」

大公妃教育係の任を踏《ふ》み台にして出世を目論《もくろ》む彼は、暗にクビを宣告されたと思ったらしく気色ばんだ。

次期大公妃とその教育係という関係にしては随分《ずいぶん》と遠慮《えんりょ》のなさすぎるやりとりなのは、ミレーユがかつて『ミシェル』と名乗り、男と偽《いつわ》って彼らの所属する第五師団に潜入《せんにゅう》していた過去があるからだ。ラウールは当時、同じ職場でミレーユをしごき倒《たお》していた先輩《せんぱい》だった。

「まあまあ二人とも！　疲れてるんですよ、そろそろ休憩《きゅうけい》にしましょう、ねっ」

にらみ合う二人の間にすかさず割って入ったのは助手のアレックスだ。同じく第五師団の一員である彼は、その手に必殺技《ひっさつわざ》ともいうべき箱を掲《かか》げていた。『大公殿下からのご褒美《ほうび》おやつ』である。

しかし、休憩の時間でも心が安まることはない。

「ミシェル、おまえは今日の菓子《かし》は無しだ。点数が悪かった罰《ばつ》だ」

「な……！　いつもと同じくらいだったのになんで今日だけ……、あっ、木苺《きいちご》のクリームタルト！　先輩、自分が好きだからって独《ひと》り占《じ》めする気なんでしょ！　あたしだって好きなのにっ」

「うるさいわ！　ボンクラに付き合ってるせいで脳の疲労《ひろう》が半端《はんぱ》じゃないんだ、少しは労《いたわ》れ！」

「ああもう、はいはいちゃんと分けますから！　二人とも結構いい歳《とし》なんですから、菓子の取り合いで喧嘩《けんか》するのはやめてください！」

ミレーユはもとよりラウールも試験の採点において気力体力を削《そ》がれているらしく、どちらもぜーはーと息を切らしているのがこの授業の特徴《とくちょう》であった。もちろん、それをなだめるアレックスも同様である。

「なんかもう、授業っていうより格闘《かくとう》なんだけど……」

いつものようにおやつの準備をしながらアレックスがぼやいた時だった。

「ミシェル――――!!」

慌《あわ》ただしいノックが響《ひび》いたかと思うと、上官のジャックが叫《さけ》びながら飛び込んできた。その勢いに三人は驚《おどろ》いて口をつぐむ。

「すまん、邪魔《じゃま》をするぞ！　ミシェル、おまえに至急訊《たず》ねたいことがある！」

「え？　な、なんですか？」

彼は明らかにうろたえており、顔色も悪い。授業中に乱入するような人ではないのに、よほどの緊急事態《きんきゅうじたい》でも起こったのだろうか。

「……殿下とおまえの兄上だが……いつもああなのか。も……ものすごく仲睦《なかむつ》まじげにしておられたんだが」

「リヒャ……いえ、殿下とフレッドですか？　ええ、すごく仲良しみたいですよ。親友だし」

それがどうかしたのかと訝《いぶか》しげにミレーユが見返すと、彼はごくりと喉《のど》を鳴らした。

「そ、そうか。ちなみにアルテマリスでは、親友同士、膝《ひざ》の上に乗って内緒話《ないしょばなし》をするのか？　ぴったりとくっついて？」

「…………へ？」

「しかもおまえの兄上はドレスを着て女装しておられたんだが……それも普通《ふつう》なのか？　若者の間で流行《はや》ってるのか？　こんな、こんな感じだったぞっ？」

「ちょっ……、重いですよ、団長！」

いきなり膝の上に腰掛《こしか》けられ、アレックスが仰天《ぎょうてん》したように声をあげる。目撃《もくげき》した場面をジャックが再現していると理解したミレーユは、しばし固まった後、目をむいて立ち上がった。

「なにそれ!?」

「そうだろう、驚くだろう！　何か危ない遊びでもなさっているのかと、見なかったことにして退散した私の反応は正しいよな！　いやもちろんあれしきのことで殿下への忠誠が揺《ゆ》らいだりなんてことはありえないが、ちょっと……いやだいぶびっくりしたんでな！」

「団長、落ち着いてください！　ていうか本当に重い！」

青ざめているアレックスの横で、ラウールが眉《まゆ》をひそめて顎《あご》をなでる。

「つまり、女装したミシェル兄が大公殿下と戯《たわむ》れていたということですか？　殿下にそういう性癖《せいへき》があるようには見受けられませんでしたが……」

「あ、当たり前でしょっ、そんな性癖、殿下にはないですよ！　殿下はまともな人です！　きっとまた、いつもみたいにフレッドが悪ふざけしてただけだわ」

「いつもみたいにって、おまえの兄は普段《ふだん》からそんな感じなのか」

ラウールの突《つ》っ込みにミレーユは言葉に詰《つ》まり、くっと拳《こぶし》を握《にぎ》りしめて告白した。

「ごめんなさい、あの子ちょっと変なんです。ていうか変態なんです！」

「いや、それは薄々《うすうす》感じてたけど……」

アレックスがつぶやく。どうやら第五師団においてもフレッドは奇人《きじん》ぶりをいかんなく発揮しているらしい。

「ただの悪ふざけなら別に構わんのだがな。殿下がお疲れのあまり惑《まど》っておられるのではと心配なんだ。つまり――」

「女装した兄をミシェルと間違《まちが》えて甘えておられた、ということですか」

後を受けたラウールの言葉にミレーユは目をむいた。ジャックはうなずき、難しい顔つきで続ける。

「近頃《ちかごろ》はお忙《いそが》しくて、あまりおまえのところへもいらっしゃらないだろう。それでつい、同じ顔の兄上にふらふら……となられたのやもしれん。いや、もちろん、本気ではないと私も思うぞ！　問題は、そうして心の隙間《すきま》を埋《う》めようとなさっている殿下のお疲れ具合だ」

「そんな……、そんなにお疲れなんですか、大公殿下は……」

「当たり前だろうが。政務が終わった後も賓客《ひんきゃく》との付き合いやら会合やらあるんだ。そんな方が疲《つか》れておられないわけがないだろう」

眉を寄せてラウールが口を挟《はさ》む。ミレーユは青ざめて頰《ほお》を押さえた。

(リヒャルト……あたしとフレッドの区別がつかないくらい追い詰められてたなんて……!)

確かに彼は疲れていても自分からは言わないだろう。人一倍責任感の強い人なのだ。

「なんとか殿下《でんか》を癒《いや》して差し上げねばならんと、私もいろいろ考えた。そこでおまえに頼《たの》みがあるんだ、ミシェル」

「はい! 殿下のためならなんでもします、何をしたらいいですか!?」

焦《あせ》りながら見上げたミレーユに、ジャックは真剣《しんけん》な顔で言い放った。

「とにかく殿下を慰《なぐさ》めて差し上げろ。思いっきりいちゃいちゃしてこい!」

「い、いちゃ……!?」

おごそかに下された団長命令に、ミレーユは絶句した。もっと壮大《そうだい》なる作戦が繰《く》り広げられるのかと思いきや、予想外の言葉である。

「男にとって、恋人《こいびと》の可愛《かわい》い笑顔《えがお》が何よりの心の栄養剤になることもあるんだ。しかもおまえと殿下は今が一番アツアツの時だろう。これ以上の薬はない!」

「や、で、でも、いちゃいちゃってどうやれば? 急に言われてもやり方がわかんないんですけどっ」

そんな漠然《ばくぜん》とした指令をされても、と焦るミレーユに、一斉《いっせい》に助言と突っ込みが降り注ぐ。

「いつも通りやればいい。ありのまま、普段のおまえを全面に出して行け！」

「そうだよ。呼吸するみたいにいつもいちゃついてたじゃないか」

「むしろどうやればあそこまで周りを気にせずべたべたできるのか教えてほしいくらいだな」

「ええっ、そんな……」

そんなつもりは微塵《みじん》もなかったのだが、周りにはそう見えるのか。ミレーユはますます動揺《どうよう》して赤くなったが、ここでおたおたしても仕方がないと自分を落ち着かせた。今はリヒャルトの窮地《きゅうち》という大変な局面である。今こそ未来の妻の出番なのだ。

「……わかりました。とにかく殿下を癒してあげればいいんですね！」

気合いを入れると、ミレーユはひとまず彼の疲れの原因を探《さぐ》ることにした。


その日の授業が終わると、ミレーユはフレッドが住む部屋へと乗り込んだ。

「ちょっとあんた！　リヒャルトを誘惑《ゆうわく》してたってほんとなの⁉」

ミレーユの替《か》え玉を務めるフレッドは、ここでは女性の恰好《かっこう》で過ごしている。寝椅子《ねいす》に寝そべって優雅《ゆうが》に扇子《せんす》を煽《あお》いでいた彼は目をぱちくりさせた。

「なんの話？」

「女装してリヒャルトの膝に乗っていちゃいちゃしてた話よ！」

あー、と思い出したようにつぶやいてフレッドは身体《からだ》を起こす。

「別に、ただ友情を深め合ってただけだよ？　リヒャルトが最近構ってくれないから寂《さび》しくてさー」

「別の方法で深め合いなさいよそんなのはっ。あっちこっちに誤解を生んでるじゃないの」

「でも彼ひどいんだよ。こんなに美しいぼくが迫《せま》ってるのに、ちっともときめいてくれないんだから。彼の美的感覚《かんかく》って一体どうなってるんだろう。心配だよね」

「心配なのはあんたの頭よ！　なに残念がってんの!?　なんであんたってそう変態なのっ」

「やだな、やきもちかい？　もー、ほんとに甘えん坊なんだからー。アハハ」

突っ込みどころがありすぎる兄に疲れを覚えつつ、ミレーユは表情をあらためて続けた。

「まさかほんとにふざけてただけじゃないんでしょ。親友として悩《なや》み相談にのってたりとか、ないの？」

「悩み……。うーん、まあ、ある意味悩みかもね、あれ。ちょっとぼくも寂しさのあまり意地悪しちゃったし……」

「えっ!?　どういうことっ、どんな悩みなの？」

「そりゃぼくの口からは言えないよ。彼が耐《た》えてるのにばらすなんて。本人に訊《き》いてみたらいいじゃない」

「そうしたいのはやまやまだけど、まともに話す機会がないのよ。だから困ってるんだってば」

「ふうん……」

フレッドは何か考えているようだったが、ふと笑みを浮《う》かべるとひそひそと耳打ちしてきた。

「しょうがないね、罪滅《つみほろ》ぼしに協力してあげるよ。こういうのはどう……？」


深夜。寝室《しんしつ》の扉《とびら》が静かに開く。

足音を忍《しの》ばせて入ってきたのが誰《だれ》なのか、目を瞑《つぶ》っていてもわかった。冷たい指が頬に触《ふ》れ、顔にかかっていた髪《かみ》を優《やさ》しく除《よ》けてくれる。彼はしばしそのまま黙《だま》っていたが、やがてまた静かに寝室を出ていった。

（……………よし）

扉が閉まったのを確認《かくにん》するや、寝たふりをしていたミレーユはむくりと起き上がった。

（せっかくリヒャルトが来てくれたのにもったいなかったけど……。とにかく今は先に上に行かなくちゃ！）

寝間着《ねまき》のまま衣装部屋へ入ると、奥の飾《かざ》り棚《だな》の扉を開ける。その先に細い石の階段があるのを確認し、ミレーユはそれを駆《か》け上がった。先程《さきほど》フレッドに教えてもらった秘密の通路である。

『探検してて見つけたんだ。ぼくの寝室に繋《つな》がってるから、そこを通っておいでよ。隠《かく》れてればバレやしないさ』

ミレーユの部屋を出て上階に上がったリヒャルトを女官に引き留めさせ、自分の部屋に寄ってもらうのだという。その場に潜入《せんにゅう》し、フレッドとの会話の中から何か糸口をつかもうという作戦だった。

(正面から訊いても、たぶん気を遣《つか》って言わないと思うし……なんとかうまく引き出せるといいんだけど)

階段を抜《ぬ》けて扉を開けると、寝間着姿のフレッドが笑顔で待ちかまえていた。

「こっちこっち。まだ来てないよ、彼。今のうちに隠れて」

「うん……！」

二人して寝台《しんだい》に潜《もぐ》り込む。と、いくらも経《た》たないうちに扉が開く音がした。

「——フレッド。寝てるのか？」

リヒャルトの声だ。ミレーユはどきどきしながら息をひそめた。

「起きてるよ。悪いね、引き留めたりして。訊きたいことがあってさ」

寝具《しんぐ》を被《かぶ》ったまま何食わぬ声で答え、フレッドがぱちりと片目を瞑る。一緒《いっしょ》に悪戯《いたずら》でもしているような気分になってきて思わず顔をほころばせたミレーユは、慌《あわ》てて笑いをかみ殺した。

「構わないよ。訊きたいことって？」

近づいてくるリヒャルトの声に、不審《ふしん》を感じている様子はない。するとフレッドは、ミレーユを見てふいににやりと笑みを浮かべた。

「うん。きみは、なんでミレーユを好きになったのかなーって」

(——は!?)

予定と違《ちが》う質問にミレーユは目をむき、動揺のあまり身じろいだ拍子《ひょうし》に傍《そば》の小机に当たってしまった。そこに載《の》っていた水差しと杯《さかずき》が床《ゆか》に落ち、がしゃんと派手な音を立てる。

（ひー、しまったー！）

「大丈夫《だいじょうぶ》か？」

リヒャルトが驚《おどろ》いたような声をあげる。すかさずフレッドが被っていた寝具から顔を出して対応した。

「平気平気。それより、どうなの？　照れないで教えてよ」

「別に照れてないけど……。どうしたんだ、急に」

「いやー、前から訊いてみたかったんだよね。他《ほか》の女の子には興味示さないのに、不思議だなあって」

（ちょっと、なに考えてんのよ、フレッド……！）

声を出すわけにいかないミレーユはいろんな意味でうろたえてしまったが、訊かれたリヒャルトのほうは特に動揺してはいないようだ。

「そうだな……。理由はいろいろあるけど、一番はやっぱり、王太子としての価値以外で俺を見てくれたからかな」

答えた彼の声は穏《おだ》やかなものだった。

「もちろん、素姓《すじょう》を知らなかったからというのもあるだろうけど……。それまでそういう人があまりいなかったから、たぶん、嬉《うれ》しかったんだろうな」

(……リヒャルト……)

しみじみとした口調に、ミレーユもしんみりとした気持ちになる。が、はたと目的を思い出し、フレッドの脇腹《わきばら》を思いきりつねってやった。

「……っ、えーっと、さ。今日の仕事はもう終わったの?」

「いや、もう少し。地方からの嘆願書《たんがんしょ》が五十くらい来てるから、目を通さないと」

さらりと言ったリヒャルトに、ミレーユは耳を疑った。

(五十!? こ、これから……?)

「大変だね。じゃあそれが終わるまで寝られないんだ」

「これくらいならすぐ済むよ。その後でダラステア語の勉強をしたいから、そっちのほうが気になる」

(勉強ですって!?)

この上まだ難しいことをするなんて。これでは疲《つか》れがたまるのも当然だ。

「本当は今夜中に読み終えたい本があと四冊あるんだが、さすがに全部は無理かな。明日は八時から謁見《えっけん》の間に出るし——」

「ちょっと待ってーっ!」

ミレーユはたまらず跳《は》ね起きた。

傍で壁《かべ》に寄りかかっていたリヒャルトが、ぎょっとした顔で身体を起こす。

「な——なぜここに?」

「えへ。秘密の抜け穴《あな》見つけちゃった」

「二人で遊んでたのか？　――こんな時間まで起きてちゃ駄目《だめ》ですよ」

「それはこっちの台詞《せりふ》よ！　一体誰の陰謀《いんぼう》なの、あなたを寝かさないなんて」

二人を見比べてたしなめたリヒャルトが、少し困ったような顔になる。

「いや、趣味《しゅみ》の時間を作ろうと思ったら睡眠《すいみん》を削《けず》るしか……」

「夜はちゃんと寝《ね》てよ！　そんなんじゃ長生きできないわよっ。結婚式《けっこんしき》もあげてないのにあたしを未亡人にする気!?」

ミレーユは寝台から飛び出すと、リヒャルトの腕《うで》をつかんでぐいぐい引っ張った。

「ちょっと待って。なんて恰好《かっこう》をしているんですか。風邪《かぜ》引《ひ》きますよ」

慌てたように毛布を肩《かた》から着せかけられ、寝間着姿だったことを思い出したミレーユは少し赤くなった。

「あ、ありがと。……じゃなくてっ、とりあえずここで少し休んで！　あたしとフレッドで添《そ》い寝してあげるから」

は？　と目を瞬《また》くリヒャルトに、フレッドもおどけたように片目を瞑る。

「なんなら子守歌《こもりうた》も歌うよ？」

「いや――」

「ほら、早く早く！」

「よかったね、両手に花だね！」

「ちょっ……、うわっ」

二人がかりで寝台に引きずり込まれたリヒャルトの、焦《あせ》ったような声が寝室に響《ひび》き渡《わた》った。


「……で、そこまでうまく行ったのに、そのまま追い出されたのか」

翌日。報告を聞いて微妙《びみょう》な顔つきになったジャックに、ミレーユはしゅんとして訂正《ていせい》した。

「小一時間お説教をくらった後で、追い出されました……」

「せ、説教か……」

「最初から無理があったんですよ。ミシェルに色仕掛《いろじか》けなんて」

「ちょ、先輩《せんぱい》」

容赦《ようしゃ》なく感想を述べるラウールをアレックスが慌ててたしなめる。二重の意味でぐさりと心に突《つ》き刺《さ》さり、ミレーユは肩を落とした。

「もうさ、普通《ふつう》に手料理でも作ってもてなせばいいんじゃないの？　殿下《でんか》から厨房《ちゅうぼう》の使用許可も出てるんだろ？」

「おお、それいいな！　何か精の付くものを召《め》し上がれば元気になられるやもしれん。疲れを吹《ふ》き飛ばすようなものを作って差し上げるんだ」

アレックスの提案にジャックが喜色を浮《う》かべて同意する。はっとしてミレーユも考えた。

「精の付くものって……肉とか？　よし、ちょっと裏山に狩《か》りに行ってくるわ！」

「待たんか！　妃殿下ともあろう御方《おかた》がそんな野性的な真似《まね》をせんでいい」

踵《きびす》を返して飛び出そうとするミレーユを、ジャックが慌てて引き留める。

「身体《からだ》にいい食材を使った、滋味《じみ》あふれる素朴《そぼく》な料理……というのはどうだ。高級な食事なら毎日嫌《いや》と言うほど召し上がっているんだから、その逆をつくんだ」

「なるほど……。あ、そういえば」

ミレーユは傍《かたわ》らに積んでいた教科書の山から一冊の本を取り出した。リヒャルトにもらった料理の本だ。彼の両親が使っていたというそれには、一つ一つ献立《こんだて》に注意書きが書き込まれている。

「この前気づいたんですけど、これ、効能が書いてあるんです。『風邪《かぜ》を引いた時』とか『胃が痛い時』とか。『疲れてる時』っていう項目《こうもく》もあります！」

「よし、それでいけ！」

「はい！」

ジャックの力強い指令にミレーユはうなずいたが、アレックスが遠慮《えんりょ》がちに突っ込んだ。

「ていうかごめん、自分で提案しといてなんだけど、君、料理とかできるのか？」

「うーん……。実は、あんまり得意じゃないのよね。あたしの作る料理って微妙においしくない気がするの」

「だったら却下《きゃっか》だな。殿下に得体の知れない劇物を食べさせるわけにはいかん」

「げ、劇物って、失礼な！　一応ちゃんと食べられますよ！」

ラウールの言いぐさに目をつり上げていると、まあまあとジャックがなだめに入った。

「まあ、殿下にとってはおまえの手料理であるということが何よりの味付けだろうからな。だが、ただまずいだけの料理では困るぞ。これはあくまでも殿下のお疲れを癒《いや》す作戦の一環《いっかん》だ。ちゃんと効能のある食事を作らねばな」

「そうですよね……」

これは研究と練習が必要不可欠のようだ。ミレーユは広げた料理本を難しい顔で見つめた。


「ミレーユ！　夜も寝ないで料理の練習をしてるんだって？　一体、どうしたんだいっ」

話を聞きつけてやってきたエドゥアルトが、おろおろとまとわりつく。そんな父の様子も目に入らず、ミレーユは真剣《しんけん》な顔をして野菜を刻みまくっていた。

「公爵《こうしやく》様。アニキさんは、大公様の身体を気遣《きづか》って、精の付くものを食べさせてあげようと料理の研究をなさっておいでなんでさ」

「なんでも、大公様はおそろしくお疲れだとかで」

「団長殿の話じゃ、このままほっといたらかなりヤバイらしいですぜ」

舎弟《しやてい》たちが深刻な様子で説明する。久しぶりの娘《むすめ》の奇行《きこう》に涙目《なみだめ》になっていたエドゥアルトは、鬼気迫《ききせま》る様子で鍋《なべ》の中身をかき回すミレーユを見つめ、顔をくもらせた。

「疲れ……って、大公殿下はそんなにお忙《いそが》しいのかい……?」

表面上厳しく当たってはいるが、内心はリヒャルトのことをいつも気に掛《か》けている。もともう一人の息子《むすこ》のように思っているのだから当然だ。

「やっぱりあれだね。お父上の婿《むこ》いびりが地味に効いてるよねー」

「——!?」

ふいに耳元で声がしてエドゥアルトは飛び上がった。見れば、いつのまにかフレッドが傍《そば》にいて厨房の中を興味深げにのぞいている。

「む、婿いびりって、なんのことだいっ」

「そりゃもちろん、いちゃいちゃ禁止令のことさ」

あっさり返され、エドゥアルトはぎくりとした。薄々《うすうす》そうではないかと思っていたところだったのだ。

「伏魔殿《ふくまでん》のような宮殿《きゅうでん》でシアランのため懸命《けんめい》に働くリヒャルト……唯一《ゆいいつ》の安らぎであるミレーユとの接触《せっしょく》を制限され、疲労《ひろう》が募《つの》る日々の中、彼は今、精神的に追い詰《つ》められてる可能性もあるよね……。いちゃいちゃ禁止令さえ出てなければ、ミレーユがあんなに目を血走らせて料理に励《はげ》むこともなかっただろうに……」

ねちねちとした精神攻撃《こうげき》に、エドゥアルトの良心は激しくえぐられる。

「し、しかしだね、結婚前の男女に何か間違《まちが》いがあってはいけないし、これはけじめの問題で

「あはは。結婚前にぼくとミレーユを作った人が何を言ってるのさぁ」

「ぐっ……」

それを言われてはぐうの音も出ない。と、心に大きな刃《やいば》を突き立てられて悶絶《もんぜつ》する父に、フレッドがそっと耳打ちする。

「少しは譲歩《じょうほ》するべきだと思うな。我慢《がまん》しすぎるといつか爆発《ばくはつ》しちゃうよ？」

「ば、爆発……!?」

「ぷっつりと理性の糸が切れて、獣《けもの》のようにミレーユに襲《おそ》いかかるとかねー」

「けっ、けも…………っ、いやあああ——!!」

一気に顔面蒼白《そうはく》になり、エドゥアルトは涙目で部屋を飛び出した。


「その……、結婚式の日までミレーユに触《ふ》れちゃいけないっていう約束事のことなんだけどね……」

火急の用事だと面会を求めてきた未来の舅《しゅうと》は、もじもじした様子で切り出した。

執務《しつむ》の合間に出迎《でむか》えたリヒャルトは、ああ、とつぶやき、何か不始末はなかったかと己《おのれ》の行動を振《ふ》り返った。

「お約束は守っているつもりでいますが——それが何か？」

「ん？　んんっとだね、ごほん、ごほ」

盛んに咳払《せきばら》いしていたエドゥアルトが、目をそらしたままぼそりと口を開く。

「………ちょっとだけなら、いいよ」

「——え？」

「だっ、だから、週に一回くらいなら、いちゃいちゃ禁止令を解禁してもいいと言っているんだよ」

リヒャルトは驚《おどろ》いて彼を見つめた。自分の願望が聞かせた幻聴《げんちょう》だろうかと一瞬《いっしゅん》思ったが——どうやら現実のようだ。

「いいって……どのへんまで？」

「きみの良心の及《およ》ぶ範囲《はんい》内までだッ」

カッと目をむいてエドゥアルトが即答《そくとう》する。それからいくらか決まり悪げな顔になり、爪先《つまさき》で床《ゆか》を蹴《け》り出した。

「きみも毎日大変そうだし、たまにはミレーユと仲良くしてもいいかなーと思ってね。ミレーユも放《ほう》っておかれたら可哀相《かわいそう》だし。別に私は、きみたちの仲を裂《さ》きたいわけじゃないし……」

「エドゥアルト様……」

愛娘《まなむすめ》との結婚《けっこん》のことで目の敵にされているとはいえ、もとは優《やさ》しい人なのだ。制限がつくと余計につらいような気もするが、それは贅沢《ぜいたく》というものだろう。

「嬉《うれ》しいです。ありがとうございます」

「べ、別に、きみのために解禁するんじゃないんだからねっ。調子に乗って不埒《ふらち》なことをしたら許さないからねっ！」

顔を赤らめて捨て台詞《ぜりふ》を吐《は》くと、エドゥアルトはそそくさと帰っていった。

父と許嫁《いいなずけ》の間に結ばれた協定が見直されたことも知らず、黙々《もくもく》と料理の研究に励んでいたミレーユだったが、すぐに行き詰《づ》まってしまった。

「味がいいだけじゃだめなのよね……。一口食べただけで元気がもりもりわいてくるぐらいじゃなきゃ。あたしの料理からはそれが感じられないのよ！」

「いや、そりゃアニキさんが既《すで》に元気もりもりだからじゃ……」

舎弟らの突《つ》っ込みも耳に入らず、腕組《うでぐ》みしたミレーユは考え込む。

「もっと高級な食材を使うべきなのかしら。けど団長はそこまでしなくていいって言ってたし……」

食材は宮殿の菜園から分けてもらった野菜類だけである。高級食材を手に入れようと思えば宮廷《きゅうてい》の厨房《ちゅうぼう》と交渉《こうしょう》するか、城下へ買いに行くかしかないが、どちらも立場的に実行するのは難しい。

——と、悩《なや》みながら料理本をめくっていた手が、はたと止まった。見逃《みのが》していたその項目に、ミレーユは目を輝《かがや》かせた。

「これだわ……！」


いちゃいちゃ禁止令が週一で解禁された翌日。久々に早い時間から身体《からだ》が空くため、リヒャルトはミレーユのもとに使いを出したのだが——。

「——今夜は無理だって？」

意外な返事に驚いて聞き返すと、戻《もど》ってきた侍従《じじゅう》は遠慮《えんりょ》がちにうなずいた。

「勉強が忙しいからと、お断りになりまして……。夜中なら空いておられるそうですが」

「……」

これまでこんなふうに断られたことは一度もなかった。リヒャルトは軽く頬杖《ほおづえ》をついて考え込む。

(そんなにたくさん宿題が出ているのか……)

一口に妃教育といっても数多《あまた》の授業があるわけで、それぞれからミレーユには毎日宿題が出されていると聞く。以前こっそりロジオンに様子を訊《たず》ねてみたところ、『宿題が終わらず夜中に泣きながらやっていた』だの『歩き方の練習のしすぎで筋肉痛に苦しんでいる』だの聞かされ、胸が痛んだものだった。

(可哀相に……)

教師陣《じん》に宿題を出すのを禁じるのは簡単だが、それではなんの解決にもならない。かといって一人でつらい思いをさせておくわけにはいかない。一緒《いっしょ》に宿題に取り組み、即席《そくせき》家庭教師くらいは務めるべきだろう。

そう決めたリヒャルトは、ミレーユが食事や入浴を終える時刻を見計らい、彼女の住む館《やかた》へお忍《しの》びで行くことにしたのだった。

予定の時刻になりミレーユの住む館へ赴《おもむ》いたリヒャルトだったが、連絡用《れんらくよう》の廊下《ろうか》の手前まで来た時、意外なものを目にして足を止めた。供をしてきたイゼルスも同様に、怪訝《けげん》そうに声をひそめる。

「あれは——妃殿下《ひでんか》のようですが」

館の入り口から出てきた二つの影《かげ》。ショールで頬被《ほおかむ》りしているのはミレーユ、一緒にいる長身の影はロジオンだろう。人目を気にするようにきょろきょろしながら連絡通路を渡《わた》ってきた二人は、見られていることにはまったく気づかず、小走りに去っていった。

「どこかへ出かけるのでしょうか。こんな時間から——」

「……勉強で忙《いそが》しいという感じではなかったな」

つい声をかけそびれてしまったリヒャルトは、二人が消えていった回廊《かいろう》のほうを見つめて眉《まゆ》をひそめた。

——あからさまにあやしい。

訪問を断っておきながら、人目を忍んで一体どこへ行くつもりなのか。護衛役のロジオンが同行するのは当然のことだから、二人きりで行動することに今さら心の狭《せま》い発言をするつもりはないが、問題はなんの報告も受けていないことだ。

もちろん放置しておけず急いで後を追う。ミレーユとロジオンが入っていったのは、廊下で繋《つな》がれた隣《となり》の館だった。厨房や広間を整備し、ミレーユにいつでも使っていいと許している場所だ。

(料理をしにきたのか。しかしそれならあんなにこそこそする必要はないだろうに……)

イゼルスを入り口に残し、リヒャルトは単身厨房のほうへ向かった。

途中《とちゅう》、ふと何か聞こえた気がしてそちらを見る。廊下の先にあるのは広間に続く扉《とびら》だ。

(…………？　うなり声……？)

地を這《は》うような低い男の声が扉の向こうから漏《も》れ聞こえてくる。それも一人や二人ではない、かなりの人数のものだ。足音を忍ばせて近づき、扉に耳を当ててよく聞いてみると、うなり声には節のようなものが付いている。

(歌……いや、何かの呪文《じゅもん》か？)

聞き慣れない発音からして、おそらくただの歌ではあるまい。リヒャルトは厳しい顔つきになった。こんな大城館のど真ん中——それもミレーユが出入りする館で秘密集会が行われているというのだろうか。

音を立てないよう扉を細く開けてみると——目に飛び込んできたのは予想どおりあやしげな集《つど》いだった。

部屋の四方に明かりが灯《とも》され、中央に組まれた壇《だん》の傍《そば》には一際《ひときわ》大きな燭台《しょくだい》が立てられている。壇上には蕪《かぶ》やタマネギなどの野菜が捧《ささ》げもののようにして積まれていた。

それを囲んで輪になり、呪文を唱えながらくるくる踊《おど》っているのは、むくつけき男たちだった。頭には花冠を載《の》せ、目を瞑《つぶ》っている。

（……どういうことだ……？）

どの顔も見覚えがあると思ったら、ミレーユの『舎弟《しゃてい》』たちだ。しかもよく見れば中に一人だけ可憐《かれん》なドレス姿の少女が混じっている。同じように目を瞑り、神妙《しんみょう》な様子で呪文を唱えながら踊っているのは、他《ほか》ならぬミレーユだ。

呆然《ぼうぜん》とそれを見つめたリヒャルトは、はたと口を押さえた。

（まさか……。構ってあげられなかったから、寂《さび》しさのあまりおかしな宗教にはまったんじゃ……）

思えば、ここ最近忙しさにかまけて二人で過ごす時間を取れずにいた。なんとか暇《ひま》を見つけて会いに行っても、ミレーユが既に眠《ねむ》っている時間では意味がない。

まだ公式には婚約式《こんやくしき》も済ませていない間柄《あいだがら》ともなれば一緒に住むわけにもいかず、別々の生活を送ってきたのがあだになったのか。大公執務室《しつむしつ》に書簡を届けにくる時はいつも元気そうにしていたから、気がつかなかった——。

（どうしたらいいんだ……）

うろたえている間にも呪文は容赦《ようしゃ》なく耳に入ってくる。意味のないうなり声のようなそれが頭の中でぐるぐる回り出した時、リヒャルトはふと眉を寄せた。

（……これは……）

広間に反響《はんきょう》していたせいでよく聞き取れなかったその発音に、気がついた時だった。ふいに呪文が途《と》切《ぎ》れ、ミレーユの訝《いぶか》しげな声がした。

「——ロジオン？　どうしたの？」

扉の隙間《すきま》から見れば、輪に加わっていたロジオンが鋭《するど》い目つきでこちらを見ている。のぞいていたのを気取られてしまったらしい。ミレーユも気づいたらしく、はっと息を呑《の》んだ。

「曲者《くせもの》よッ！　つかまえて、ロジオン！」

「はっ！」

敵意に満ちた指令が下され、ロジオンが猛然《もうぜん》と走ってきた。

リヒャルトが身体を退《ひ》くのと、荒々《あらあら》しく扉がぶち開けられたのは、ほぼ同時。殺気を迸《ほとばし》らせたロジオンが飛び道具を投げる。それは咄嗟《とっさ》に避《よ》けたリヒャルトの傍をかすめ、壁《かべ》に突き刺《さ》さった。

そこでロジオンは相手が誰《だれ》なのかに気づいたらしい。灰緑の瞳《ひとみ》に驚《おどろ》きの色が浮《う》かんだ。

「若……」

言いかけるのをリヒャルトが制すと、ロジオンは急いで扉を閉めた。広間の中では再び呪文と踊りが始まっていた。

「――若君。このようなところにお一人で、危のうございます」

「危ないのはおまえだ」

壁に突き立った飛び道具――手裏剣《しゅりけん》という東方の武器らしい――を見やりながら返すと、ロジオンはひどく恐縮《きょうしゅく》したように頭を垂れた。過激な行為《こうい》ではあったが逆に言えばミレーユの護衛役としては頼《たの》もしい限りだと承知しているので、リヒャルトは咎《とが》めなかった。それに今は、他に気になることがありすぎる。

「一体何をやってる。あれはなんの儀式《ぎしき》だ？　まさか危ない信仰《しんこう》に目覚めたのか」

「いえ、そうではございません」

「じゃあなんだ」

ロジオンは黙《だま》り込んで目をそらす。また自分の知らないところで楽しい思いをしているのかと、面白《おもしろ》くない心地《ここち》でリヒャルトは追及《ついきゅう》した。

「俺に言えないようなことなのか？」

「…………」

「言わないと今すぐやめさせるぞ」

それはまずいと判断したらしい。ロジオンは観念したようにリヒャルトの耳に顔を寄せてきた。


踊りを終えたミレーユは、傍に置いていた料理本を開いた。

「ええと、次は……と、これで一通り終わったみたい。みんな、ご苦労さま！」

それを合図に舎弟たちが瞼《まぶた》を開ける。誰もがごつい顔に爽《さわ》やかな汗《あせ》と笑顔《えがお》を浮かべていた。

「フフ……これで大公殿下《でんか》も元気が出られること間違《まちが》いなしっすね！」

「そうね。野菜も豆もちゃんと一晩月光に当てたし、おまじないと踊りも捧げたし。いい汗かいたわね！」

ミレーユも、一仕事やり終えて爽快《そうかい》な気分で額の汗をぬぐう。

リヒャルトからもらった料理本に『おまじない』という謎《なぞ》の項目《こうもく》を見つけたのは昨日のことだった。本の最後のほうにあったため索引《さくいん》かと思って今まで気にしていなかったのだが、読んでみると料理にまつわるいろんなおまじないが記してある。その中の一つ、『料理がおいしくなるおまじない』というシンプルかつもっとも求めていたものを発見し、実行に移すことにしたのだった。

（あっ……、そういえば、さっきの曲者はどうなったんだろ）

月光に当てて素材の力を増幅《ぞうふく》させ、さらには呪文と踊りを捧げるという単純なものだが、他人に見られてはいけないという注意事項《じこう》があった。いわく、誰かに見られたら効果が半減してしまうらしい。

ちょうどロジオンが戻《もど》ってきたので、ミレーユは急いで駆《か》け寄った。

「どうだった⁉　曲者は捕《つか》まえた？」

無表情のまま彼は軽く頭を振《ふ》った。

「……人ではなく、猫《ねこ》の仕業《しわざ》でございました。私の早とちりです。申し訳ございません」

「そう……。よかった。せっかく昨日からやってたんだし、最後まで完璧《かんぺき》にやりたいもんね」

ほっと息をつき、ミレーユは気合いを入れてドレスの袖《そで》をまくる。

「さっ、のんびりしてる暇はないわ。急いで調理に取りかかるわよ！」

リヒャルトは今夜、遅《おそ》くに部屋を訪ねてくるはずだ。その時がこの壮大《そうだい》な計画の仕上げの時だった。


真夜中すぎ。やってきたリヒャルトをミレーユは笑顔で出迎《でむか》えた。

「いらっしゃい、リヒャルト」

彼のほうも笑みを浮かべている。起きて待っていたことに驚いた様子はない。

「こんばんは。今夜は随分《ずいぶん》夜更《ふ》かしですね」

「ま、まあね。たまたまよ、たまたま」

わざわざ作ったなんて知られたら、逆に気を遣《つか》わせてしまうかもしれない。なので、あくまで自分用の夜食ということで話を進めるつもりだった。

「勉強が忙《いそが》しいということでしたが。もう終わりましたか？」

「え？　え、ええ、なんとかね」

そういえばそんな口実だったと思い出し、笑ってごまかす。と、「そうですか」とうなずいたリヒャルトがふと視線をめぐらせた。

「なんだか、いい匂《にお》いがしますね」

（きっ、きたーっ！）

どうやって切り出そうかと思っていたら、彼のほうが気づいてくれた。ミレーユは逸《はや》る心を抑《おさ》えてうなずく。

「あら、気づいた？　たまたま作ったのよ、夜食にしようと思って。食べる？」

「ええ。ぜひ」

リヒャルトが笑顔で言った。うまく事が運んだことに内心ぐっと勝利の拳《こぶし》を固め、ミレーユは支度《したく》に取りかかった。

塩味の野菜スープ、豆の煮込《にこ》み、そしてミルク粥《がゆ》。自分が手に入れられる範囲《はんい》の食材で作った、彼のための献立《こんだて》だ。

「余り物で申し訳ないんだけど……」

「とんでもない。嬉《うれ》しいですよ。いただきます」

リヒャルトは爽やかに笑い、まずスープを口に運んだ。

「――おいしいです」

「そう？　よかったわ。ささっと適当に作ったんだけどねー」

内心胸をなで下ろしながらミレーユは答える。実際はあちこち負傷しながら作った渾身《こんしん》の一作なのだが、もちろんそれは秘密だ。

「あ、でもあなたって確か、味音痴《あじおんち》とか言ってたわよね。なんでもおいしく感じるって」

「いくら味音痴でも、あなたの愛がたっぷりこもってることはわかりますよ」

食事を続けながら彼はさらりと言う。その台詞《せりふ》と食べっぷりにミレーユは思わずときめいてしまった。

「あ、愛っていうか、自分のために作った料理だし、そういうのがこもってるかどうかはわかんないんだけどねっ」

知られてはいけないとむきになって言い張るミレーユに、リヒャルトは目線をあげ、無言のまま笑った。そのままじっと見つめてくる彼をミレーユはたじろいで見つめ返す。

（あれ？　ばれてるわけじゃないわよね……？）

「ええと……、おかわり、する？」

「いただきます」

なんだか様子が変な気がするが、よくわからない。とりあえず器《うつわ》を受け取り、ミレーユは傍《かたわ》らに置いた鍋《なべ》に向かったが、ふと思い出して振り向いた。

「そうだ。言おうと思ってたんだけど」

え？　と軽く眉《まゆ》をあげたリヒャルトに、いつかフレッドの寝室《しんしつ》で聞いたことを思い返しながら続ける。

「確かにあたし、あなたのことを王太子様だから好きになったわけじゃないわ。でも、大公殿下としてのあなたも、すごく尊敬してるわよ？」

彼は少し怪訝《けげん》そうな顔をしたが、すぐに何のことかわかったらしい。それきり黙ってしまったので、ミレーユは気にせず鍋の蓋《ふた》を開けた。

（ふー。気に入ってもらえたみたいで、よかったわ。これで元気をつけてくれたらいいんだけど）

昨夜から準備に忙しくて寝《ね》ていないが、それも忘れるくらいの充実感《じゅうじつかん》だ。しかしほっとしたことで身体《からだ》が眠気《ねむけ》を思い出してしまったのか、急激に瞼が重くなってきた。慌《あわ》てて目をこすり、杓子《しゃくし》で鍋の中身をかき混ぜていると、ふいに横から杓子を取り上げられた。

「――え？」

驚《おどろ》いて見れば、いつのまにか傍《そば》にリヒャルトが立っている。取り上げた杓子を脇《わき》へ置いた彼は、きょとんとしているミレーユをいきなり抱《だ》きしめた。

「……っ⁉　なっ、ちょっ……」

「そんなことを急に言うなんて、反則ですね。……このまま俺の部屋まで連れて行こうかな」

なんとも表現しがたい、温かく包み込むような声と吐息《といき》が耳元に降り注ぐ。わけがわからず、ミレーユは赤面した。

「けど、あなたの部屋、ここから遠いでしょ？」

「この宮殿《きゅうでん》の部屋は全部俺の部屋なんですよ。知りませんでしたか？」

「え……そりゃ、そうだけど……」

笑みまじりの声が耳に心地《ここち》よい。抱きしめる腕《うで》のぬくもりが、ミレーユの中に張り詰《つ》めていたものを溶《と》かしていくようだ。

「そうだ、部屋のことで話があるんですよ。実は——」

温かな声が呼びかける中、ミレーユの意識はそこでぷつりと切れた。


急にミレーユがくたりと身体を預けてきたので、リヒャルトは驚いて抱《かか》え直した。

「ミレーユ？」

呼びかけにも答えはない。部屋に連れて行くと言ったのを本気にして困っているのかと、リヒャルトは少し慌てた。

「いやだな、冗談《じょうだん》ですよ」

「……」

「……ミレ——」

そっとのぞき込んだリヒャルトは、一瞬呆気《いっしゅんあっけ》にとられ、それから苦笑《くしょう》した。

そこにあったのは困惑《こんわく》でも狼狽《ろうばい》でもなく、寝息《ねいき》を立てる安らかな顔だった。つい今まで元気に笑っていたのに、『糸が切れたよう』という表現がこれほど当てはまる人もいないだろう。

（そういえば、昨夜から寝てないとロジオンが言っていたな）

ミレーユには嘘《うそ》の報告をさせたが、実はロジオンからすべて聞き出していた。全部知っているのに知らんふりをしている自分は性格が悪いと内心思いながら、楽しくもてなしを受けたのだった。

本当はこの後で話そうと思っていた。同じ部屋に住めば、互《たが》いに忙しくても少しは交流を持つことができる。だから、彼女の部屋の一つを整備し、週に何度か泊《と》まりに来てもいいだろうか、と。エドゥアルトの許可はもらったので、あとはミレーユに話すだけだったのだが──。

（また今度でいいか……）

気持ちよさそうに眠《ねむ》っているのにわざわざ起こすことはないだろう。今回の件では随分忙《ずいぶんいそが》しく駆《か》け回ったと聞く。

（それにしても──あれってたぶん、知らずにやっていたんだよな）

ミレーユが舎弟《しゃてい》たちと行っていた儀式《ぎしき》で唱えていた呪文《じゅもん》は、古いシアラン語だ。昔、母が同じことを唱えながら料理をしているのを見たことがある。

──おいしくなぁれ、あなたのために。

文法的にはおかしいが、まじないなんてそういうものなのかもしれない。あの頃《ころ》は深く考えたこともなかったが、ミレーユの行動と母の思い出を重ねると、温かい気持ちになった。

腕の中でミレーユは爆睡《ばくすい》している。安心しきった無防備な顔を喜んでいいのか、落ち込んでいいのか。

（……まあ、今は俺の特権だからな）

とりあえず喜ぶことにして、その寝顔《ねがお》を見つめた。

引かれるように唇《くちびる》に触《ふ》れようとして、はっと我に返る。未来の舅《しゅうと》から週一のお許しが出たとはいえ、やりすぎると自分が困ることになるのだ。

（そうだ。結婚《けっこん》するまでの辛抱《しんぼう》じゃないか……）

ちょっとやるせない思いを抱《いだ》きながら顔を離《はな》そうとして、ふと気づいた。

包帯の巻かれた指を見て思わず笑《え》みがこぼれる。軽くそれに口づけると、リヒャルトは寝室に運ぶべくミレーユを抱き上げた。

――今週の分は、これと恋人《こいびと》の笑顔だけで充分《じゅうぶん》だ。

身代わり伯爵と
白薔薇の王子様

かさかさ、と枯葉《かれは》が鳴るさみしい音がする。

それを頭上に聞きながら、セシリアはその場にしゃがみこんだ。

朝からずっと歩き通しで、足が痛くてたまらない。同じ景色ばかり何時間も見ているし、そのわりに誰《だれ》にも遭遇《そうぐう》しないし、心細くて泣いてしまいそうだった。

（さむい……）

木の根元にうずくまり、痛む足をなでる。秋の風は冷たく、フード付きの赤い外套《がいとう》だけではとてもしのげそうにない。

着の身着のまま、手ぶらで出奔《しゅっぽん》したのは今朝のこと。居宮である白百合《しらゆり》の宮にどうしてもいたくなくて、侍女《じじょ》たちの目をかすめて逃《に》げ出してきた。そこさえ出ればどうにかなると思っていたのだが——九歳の少女には王宮は広すぎた。

（だって、家出の仕方なんて知らないもの。どの書物にも書いてなかったんだもの）

疲労《ひろう》と空腹と寒さと不安。それらに取り巻かれて、琥珀色《こはくいろ》の瞳《ひとみ》に涙《なみだ》がにじんでくる。

どうしたらいいのかわからなかった。ここにいたくなくても、他《ほか》に行くところがないのだ。

——初めてこの王宮へ来たのは六歳の時だった。

詳《くわ》しいことは何もわからない。それまで周りにいた人たちが皆《みな》いなくなり、自分にセシリアという新しい名前がつけられ、王女と呼ばれることになった。母がアルテマリスの国王と再婚《さいこん》したからだという。しかしセシリアはその〝母〟という人に一度も会ったことがない。会ってみたいといくら訴《うった》えても、大人たちは許してくれなかった。それでいつのころか、本当はそんな人はいないのだと理解するようになった。

義父となった国王もその妃《きさき》も、会えば優《やさ》しく言葉をかけてくれるが、いかんせん会える機会が少なすぎる。「本物の家族だと思って頼《たよ》りなさい」という彼らに、どうやって頼ればいいのかもわからなかった。

おまけに国王が用意した侍女たちは、歳《とし》が離れすぎている上に仕事第一の有能者ばかりで、遊び相手にはなってくれない。いつもどこかよそよそしく、声が出なくなってしまった王女を持てあましているように思えた。それは家庭教師たちも同じで、表面的には当たり障《さわ》りのないことしか言わないが、彼女らがセシリアに失望しているのは明白だった。役立たずの王女だと目が語っているように思えて、近頃《ちかごろ》では勉強の時間がひどく苦痛だった。

（……ほんとうに役立たずだもの。お話もできない王女なんて、いないほうがいいんだわ）

折しも今日は午前中から勉強の時間が入っていた。そしてとうとう、以前からの思いを我慢《がまん》できずに出奔してきたというわけだ。

（……これから、どうしたらいいのかしら）

フードをかぶって膝《ひざ》を抱え、べそをかきながら考える。九歳の少女には孤独《こどく》という言葉を思い浮《う》かべることはできなかったが、心情的にはまさしくそうだった。

（もしこのまま、だれとも会えなかったら……。もう、この庭で一人で生きていくしかないのかしら——）

冬に向かう季節でも葉が落ちていない並木道を見回し、そんな現実離《ばな》れしたことを深刻に考えた時だった。

「——そこの赤ずきんちゃん」

涼《すず》やかな声がどこからか聞こえた。

どきっとして顔をあげたセシリアは、一つ隣《となり》の木を見て目を瞠《みは》った。

見上げるような大きな木の上、枝に誰かが腰掛《こしか》けている。

「そんなところで、ひとりぼっちでどうしたの？」

そう言って微笑《ほほえ》んだのは、見知らぬ少年だった。

セシリアよりいくつか年上だろう。金の髪《かみ》が印象的だった。そして——。

（……きれい……）

顔の造作もそうだが、彼を包む雰囲気《ふんいき》やすべてが美しかった。以前絵画で見た天使にどこか似ている。

足が痛むのも忘れて立ち上がったセシリアに、彼はにっこりと笑いかけてきた。

「散歩でもしてるの？　それとも、ひょっとして迷子かい？」

「……」

少し迷った末、セシリアは小さくうなずいた。詳しく状況《じょうきょう》を説明できればいいが、あいにく声が出てこない。だが黙《だま》っていたら彼はいなくなってしまうかもしれない。半日以上も一人きりでいたところにようやく会えた人なのだ、去られたくはなかった。

「そう。じゃあ、家の人に知らせないといけないね。——グレイス」

ばさばさっと羽音がして、どこからともなく真っ白なフクロウが現れた。セシリアが驚《おどろ》いていると、彼はフクロウに何事か言い聞かせ、空に放した。

「——これでいい。すぐに誰かが迎《むか》えにきてくれるよ」

翼《つばさ》をはためかせてフクロウが飛んでいく。少年は満足げにそれを見送った。

「さて、ぼくはそろそろ行かなきゃ」

同じように空を見上げていたセシリアは、はっとして樹上の彼に目を向けた。

(もう行ってしまうの……？　どこへ？)

思わずすがるように見上げる。すると、少年は微笑み、左の袖口《そでぐち》に右手を突《つ》っ込んだ。

「手を出してごらん」

「……？」

言われるままにセシリアは両掌を広げる。——ぽとり、と何かが落ちてきた。

それは、一輪の白薔薇だった。

驚いて再び見上げるセシリアに、少年は口元に指を立てて言った。

「今日ここでぼくと会ったことは、誰にも内緒《ないしょ》だよ」

「……っ！」

突然《とつぜん》、強い風が吹《ふ》きつけてきて、思わず目を瞑《つぶ》る。ざわざわと葉が鳴り、それが鎮《しず》まった時には、樹上の少年は消えていた。

(いない……)

あたりを見回し、セシリアは白薔薇を握《にぎ》りしめたまま立ちつくした。

まぼろしのように現れて、まぼろしのようにいなくなってしまった彼。けれども、まぼろしでないことはこの白薔薇を見ればわかる。

(ひょっとして、薔薇の精だったの……?)

セシリアは頰《ほお》を上気させ、花に顔を寄せた。

たちのぼった甘やかな香《かお》りが秋風に揺《ゆ》れる。それは、つい直前まで沈《しず》んでいた気持ちを不思議と温めてくれた。


初めての家出は失敗に終わり、捜《さが》しにきた騎士《きし》とともに白百合の宮へ戻《もど》ったセシリアは、また元の生活を送ることになった。

侍女たちはますます腫《は》れ物を扱《あつか》うような態度になったが、以前ほどつらくはなくなった。一つは、あの少年にもらった白薔薇《ばら》があるからだ。

あとでよく見てみると、それは精巧《せいこう》に作られた造花だった。いつまでもみずみずしさを失わず香りまで本物のようなそれを寝室《しんしつ》に飾《かざ》り、暇《ひま》さえあれば眺《なが》めて、彼のことを思い出した。

天使のように綺麗《きれい》で、薔薇の精のように神秘的で。優しい笑顔《えがお》とやわらかな物腰《ものごし》と涼やかな声と——何もかもが頭に焼き付いて離《はな》れない。また会えるだろうかと考えるだけで心がはずんだ。年が明けてもその気持ちは薄れるどころか高まる一方だった。

（まるで、王子様みたいな人……）

緑の装丁《そうてい》の本を胸に抱《いだ》き、うっとりとセシリアは頬を染める。強く気高く美しい〝王子様〟。まさしく彼にふさわしい称号《しょうごう》だ——。

「……い、セシリア」

（わたくしの、王子様——。な、なんてね）

「おい。——聞いているのか⁉」

自分の世界に入り込んでいたセシリアは、はたと我に返った。目の前に兄のヴィルフリートがいることに気づき、ぎょっとして息を呑《の》む。

（え……お兄様？　いつの間にいらしたの？）

午後のお茶の時間、一人でテーブルについていたはずなのに。だから安心して妄想《もうそう》の世界にはばたいていたのだ。

言いたいことを察したのか、彼は仁王《におう》立ちのままフンと鼻を鳴らした。

「おまえが出てこないから様子を見に来てやったのだ。せっかくの誕生会だというのに、なぜ出席しない？」

セシリアははっとしてうつむく。内々で誕生日を祝うから来ないかと王妃《おうひ》に誘《さそ》われたのは、だいぶ前のことだ。王族の住まいから離れて暮らしているセシリアは、気が引けながらも断っていた。それきり、今日が自分の誕生日ということも忘れてしまっていた。

「だいたい、何をそんなに熱心に読んでいたのだ。勉強を理由に欠席したわけでもあるまい」

ヴィルフリートがしかめ面《つら》で続ける。義理の兄である彼は歳が近いせいもあってかよくセシリアに構ってくれていた。今のように前触《まえぶ》れもなく訪ねてくることもしょっちゅうで、言い方は乱暴だが悪い人でないのは承知済みだ。おずおずとセシリアは帳面にペンを走らせた。

『ラドフォード男爵《だんしゃく》にいただいたご本です』

「ふうん。どんな本だ」

『王子様が出てくるお話です』

「王子?」

こくり、とセシリアはうなずく。巷《ちまた》で人気だというその物語は、〝王子様〟なる英雄《えいゆう》が活躍《かつやく》する恋愛《れんあい》小説だった。読むなりたちまち夢中になったセシリアは、この〝王子様〟にあの白薔薇の少年を重ね、想像の世界に遊ぶのを近頃の日課としていた。以前より毎日がつらくなくなった理由の、二つ目がこれだ。

ふむ、と興味がなさそうな顔でヴィルフリートがうなる。それきり本当に興味がなくなったようで、彼はごそごそと懐《ふところ》から何かを取り出した。

「まあいい。今日は祝いの品を持ってきたのだ。開けてみろ」

わざわざ誕生日の贈《おく》り物を届けにきてくれたらしい。差し出された小さな箱に、セシリアは驚き、戸惑《とまど》いで頬を赤らめながら蓋《ふた》を開けてみた。途端《とたん》、びょん、と何かが飛び出してくる。

その緑色の物体がカエルだと理解した瞬間《しゅんかん》、セシリアは声にならない悲鳴をあげた。

「……っっ!!」

「む？　これでもだめか」

難しい顔でヴィルフリートがつぶやく。王女が真っ青になっているのに気づいたのか、控《ひか》えていた騎士が矢のようにすっ飛んできた。

「王子殿下！　何をなさいます、悪戯《いたずら》はおやめください！」

「おもちゃだぞ。本物のカエルは冬眠中《とうみんちゅう》だからな」

「なんということを――」

王女を背中に庇《かば》いながら、騎士は咎《とが》めるようにヴィルフリートを見る。

「びっくりさせれば、その拍子《ひょうし》に声が出るのではと思ったのだ」

「王女殿下はお身体《からだ》が弱くていらっしゃいます。悪影響《あくえいきょう》が出たらどうなさいますか」

王子相手にも怯《ひる》まず意見する騎士に、ヴィルフリートはフンと鼻を鳴らして踵《きびす》を返した。

「帰る！」

そう宣言すると、彼は足音も高らかに部屋を出て行ってしまった。

「――もう大丈夫《だいじょうぶ》ですよ、殿下。あれはよそへやっておきましょう」

息をついてそう言った騎士に、セシリアはおどおどとしがみついたままうなずいた。

彼――リヒャルト・ラドフォードが王女付きの騎士になったのは、貴族学院を出た昨夏のことだ。現在は軍学校に在籍《ざいせき》しており、午後にだけ白百合《しらゆり》の宮に来ている。だから正式にはまだ騎士の叙勲《じょくん》は受けていないのだが、国王の命令で仕えることになったという。

初めての男性の傍付きということで初めは緊張《きんちょう》したものだが、彼が少年と青年の狭間《はざま》の年齢《ねんれい》にあったことは、大人の男の人というものに慣れていないセシリアを少し安心させた。

何より彼は話せない王女にも失望した顔をしない。いつもにこにこと優《やさ》しく筆談をかわしてくれる彼に、いつからかセシリアも心を開きかけていた。

「申し訳ありません、殿下。少し席をはずしていた隙《すき》に、油断しました」

セシリアは首をかしげて見上げる。そういえば今日は「紹介《しょうかい》したい人がいる」と言われていた。彼はその人を迎えに行っていたところだったのだ。

「案内はしてきましたが――どうなさいます。もう少し落ち着かれてからにしましょうか」

気遣《きづか》わしげに訊《たず》ねられ、セシリアは少し考えたが、大丈夫だというように首を振《ふ》った。

彼の言うことならなんでも聞く。――毎日がつらくなくなった理由、その三つ目が彼だった。

リヒャルトに連れられて広間へと入ると、一面に敷《し》き詰《つ》めるように白薔薇が飾られていた。

(これは……なに?)

百合はよく飾られているが、薔薇なんて珍《めずら》しい。しかもこんなに大量のものは。

むせかえるような芳香《ほうこう》に目を丸くして立ちつくしていると、横のほうから声がした。

「お誕生日おめでとうございます。王女殿下」

「！」

はっとして息を呑む。その涼《すず》やかな声、一日も忘れたことはない。

けれどもまさか、と思いながら見やったセシリアの目に、彼の姿が飛び込んできた。

（……王子様……！）

そこにいたのはまさしくあの少年だった。思い出の中より少しだけ大人びていたが、美しい金色の髪《かみ》も、素敵《すてき》な笑顔も変わらない。

「はじめまして、殿下。フレデリック・ベルンハルト伯爵《はくしゃく》です」

にこりと笑い、彼は優雅《ゆうが》にお辞儀《じぎ》する。ぽーっとしていたセシリアも急いでお辞儀を返したが、言われたことに気づいて顔をあげる。

（……え？　今、はじめまして、とおっしゃったけれど……わたくしのことを覚えていないのかしら）

それとも、あの時会ったのが王女だと気づいていないのだろうか。ほんの短い出会いだったから仕方がないのかもしれないが。

少しがっかりして黙《だま》っていると、リヒャルトが軽く彼を示した。

「紹介したい人というのは、彼のことです。これから彼も殿下の傍付きとしてお仕えすることになりました。まだ叙勲されていませんが、いずれは殿下の騎士になります」

ますます驚《おどろ》き、セシリアは目を見開いて彼を見る。

王子様が騎士になる？　そんな夢みたいなことってあるのだろうか――。

（たしかに、そんなことも想像してみたことはあったけれど……でも、ほんとうに？）

あの出会いの日以来、あらゆる妄想をしてきたし、しまいには王子様のお嫁《よめ》さんになれたら、なんてことまで考えたりもしたのだが――まさかこんなことが現実に起こるなんて。

「彼とは学院の同級生なんです。殿下のお話を聞いて、お会いしてみたいと思っていました」

きさくな調子で伯爵が笑いかける。セシリアは頰《ほお》を染めたままそれを見つめた。しかし伯爵が軽く首をかしげたのを見て、はっと我に返った。

（そうだわ、何か言葉をかけないと）

急いで愛用の帳面を取り出す。筆談のために使っているものだ。

近頃《ちかごろ》はリヒャルトと話す時にしか使っていなかったし、なんだか手が震《ふる》えてしまう。緊張しつつ、何を書こうかと少し迷ったが、とりあえず挨拶《あいさつ》の続きを書くことにした。

『お会いできてうれしいです、伯爵』

くるりと帳面を返してそれを見せる。気をつけたつもりだが綺麗な字を書けただろうか。

伯爵は不思議そうに帳面に目を落とし、ああ、とつぶやいた。

「お声が出なくなってしまわれたことはうかがっています。普段《ふだん》はこうして筆談されているとか」

セシリアは小さくうなずく。少し嫌《いや》な予感がした。大抵《たいてい》の場合、そういう台詞《せりふ》の後には「お気の毒に」などという同情の言葉と、気まずそうな表情が続くのだ。

だが伯爵の言葉は、想像を斜《なな》め上に超《こ》えたものだった。

「残念です。ぼくには可愛《かわい》い声を聞かせてくださると思ったのに……。これじゃまるで鳴かない小鳥だ。もったいない」

首を振って嘆《なげ》く様子の伯爵を、セシリアはぽかんと見つめた。

「声が出ないなんて嘘《うそ》だ。本当はおしゃべりするのが面倒《めんどう》で怠《なま》けておいでなのでは？　可愛い声をお持ちなのにわざとしゃべらないなんて、それは世界の損失ですよ」

「伯爵――」

「そうだ。ぼくと賭《か》けをしましょう、殿下」

リヒャルトが制するように口を挟《はさ》んだが、伯爵は聞こえないように続ける。

「ぼくはこれから、殿下よりも可愛い声で鳴く小鳥を探してきます。本当に見つけられたら、ぼくの勝ちです」

呆然《ぼうぜん》としているセシリアに、彼はとどめのように笑顔《えがお》で言いはなった。

「負けたくなければ、いかに殿下が可愛い声をなさっているのかぼくに聞かせてください」

「…………」

これまでは面と向かって揶揄《やゆ》する人などいなかった。ましてや彼は初対面だ。冗談《じょうだん》のつもりだとしてもひどすぎる。

小さく震えていたセシリアは、耐《た》えきれず踵を返した。

リヒャルトが呼び止めたのが聞こえたが、構わず広間を飛び出す。居宮へ駆《か》け戻《もど》り、寝室《しんしつ》に飛び込んで寝台《しんだい》に突《つ》っ伏《ぶ》すと、我慢《がまん》していた涙《なみだ》がどっとあふれた。

これまではうわべだけの同情をされるのが嫌だったが、逆に言えばそんな反応にいつもどこか安堵《あんど》していたのかもしれない。あんなふうに言われて、初めてそれに気がついた。

「——殿下……」

追いかけてきたリヒャルトが、そっと背中をなでてくれる。その手の優しさが、ますます涙腺《るいせん》を刺激《しげき》した。

迷子になっていたところを助けてくれた。優しい王子様だと憧《あこが》れていた。傍付きになったと聞いて天にものぼりそうなほど嬉《うれ》しかったというのに。

(ひどい……ひどい、ひどい！　あんな人、大嫌《だいきら》い！)

その日を境に、王子様は天敵となった。


「ごきげんよう、王女殿下。今日もすばらしい午後ですね」

にこやかに部屋に入ってきた伯爵に、セシリアはむすりとしたまま黙っていた。

あれ以来、毎日午後になると彼は白百合の宮にやってくるようになった。リヒャルトだけが来てくれていた頃《ころ》にくらべると、午後の時間が嫌でしょうがない。なのでできるだけ彼を無視するようにした。

しかし癪《しゃく》なことに、彼がそれを気にする様子はまったくない。まるで昔からの友人のようにあっけらかんと話しかけてくる。

「おや、今日も読書ですか。毎日熱心でいらっしゃいますね」

「……」

「本当に読書家でいらっしゃいますよねえ。そんなに毎日毎日お読みになるなんて、よほどたくさんの本を持っておいでなんですねー」

「……」

「ここに積んであるのは読了《どくりょう》されたぶんですか？　――わあ、こんなに難しい本まで。すごいなあ。勉強家でもいらっしゃるんですね」

「……」

無表情を装いつつも、本を持つセシリアの指はふるふると震えていく。そうやっていちいち鬱陶《うっとう》しく話しかけてくる輩《やから》に関《かか》わりたくないからだと、本当に気づかないのだろうか。

「ぼくもわりと読書は好きなんですよ。まあ、紳士《しんし》たるもの当然のたしなみですけどね！」

「……」

「ちなみに、今日は何を愛読されていらっしゃるんですか？」

ひょい、とのぞきこまれ、セシリアは飛び上がりそうになった。

「ああ、これ知ってます。今流行《りゅうこう》の恋愛《れんあい》小説ですよね。ぼくも読みました」

対照的に一切動揺《いっさいどうよう》していない様子の伯爵が呑気《のんき》に笑う。

「そうだ、いいこと考えた！　せっかく趣味《しゅみ》が一致《いっち》したわけですし、感想文を書いて発表しあいませんか？　いやあ、我ながらすばらしい発想だ。じゃ、さっそく書きますねー」

「……、……っ」

セシリアは真っ赤になって立ち上がると、本を抱《かか》えたまま寝室に逃亡《とうぼう》した。

「あれ、殿下？」

不思議そうな声が追いかけてきたが、構わず扉《とびら》を閉める。思いきり音を立ててやったのがせめてもの仕返しだ。

はあはあと息をつきながら本に目を落とす。思い出してかっと頭に血が上った。

ああやって簡単に接近してくるのだから憎《にく》たらしい。相変わらずの美少年ぶりに動揺している自分にも腹を立てながら、寝台にもぐりこんだ。

（なにが、趣味が一致、よ。あんな意地悪な人なんかと一致してたまるものですか！　わたくしがこれを読んでいたのはたまたまよ、たんなる偶然《ぐうぜん》だわ！　意地悪で無神経なうえに、うぬぼれやだなんて、ほんとうに最低な人！）

知る限りの罵詈《ばり》を心の中でまくしたててやる。けれども一番悔《くや》しいのは——。

赤くなった顔を枕《まくら》にうずめ、心の中でつぶやく。

（……恋愛小説を読んでいること、知られてしまったわ……）

——なんとなく、弱みを握《にぎ》られたような気がしてならない。

翌日、嫌々《いやいや》ながら居間へ行くと、うずたかく本が積まれた手押し車が何台も並んでいた。

「ごきげんよう、王女殿下。今日は贈《おく》り物を届けにまいりました」

当然のごとく待ちかまえていた伯爵《はくしゃく》が、にこやかにそれを示す。

「殿下は恋愛小説がお好きのようなので、少しでも乙女心《おとめごころ》が慰《なぐさ》められればと思い、徹夜《てつや》で探して集めてきました。といっても五十冊くらいしか手に入らなかったんですが」

「…………!?」

セシリアは思わず後退《あとずさ》った。案の定弱みを的確についてきた伯爵の如才《じょさい》なさに、怒《いか》りと羞恥《しゅうち》で顔が熱くなる。

(五十冊ですって？　そんなにたくさん、一晩で集めただなんて……。そ、それは、もちろん、興味はあるけれどっ、でも、この人が持ってきたものなんて、読みたくなんかないわ！)

彼は途方《とほう》もない意地悪男なのだ。きっと何か裏があるに違《ちが》いない。

身構えつつ固まる王女をよそに、伯爵はがっかりした様子でぱらぱらと本をめくっている。

「あれ、お気に召《め》しませんでしたか？　殿下のお好みの傾向《けいこう》を調べて集めたつもりなんですが。ほら、これなんておすすめですよ。王子様と恋《こい》におちるお姫《ひめ》様のお話なんですけどね、この王子様がまた恰好《かっこう》いいんですよ。さらわれた姫を助けに冒険《ぼうけん》するんですが、もう颯爽《さっそう》としてて強いのなんのって」

ぴくり、とセシリアは反応する。——それは確かに、ちょっと読んでみたいかもしれない。

しかし興味を示すのは癪だ。つんとそっぽを向いて知らん顔をきめこむ。

伯爵は伯爵で、そんな王女に構わず次の本を手に取った。

「これもいいお話ですよ。『妖精王《ようせいおう》の箱庭』。人間に裏切られてひっそりと暮らす妖精の王が、人間のお姫様と恋に落ちるんです。頑《かたく》なだった妖精王の心を姫がとかしていき、数多《あまた》の困難を乗り越《こ》えて結ばれる……涙とときめきなしでは読めない傑作《けっさく》です！」

「…………」

「おや、これもだめですか。じゃあこっち。『時の魔法使いと林檎《りんご》のお姫様』。林檎から産まれた精霊《せいれい》のお姫様が、時間をあやつる魔法使いと出会い、喧嘩《けんか》しながらも互《たが》いに好きになってしまうというお話です。じりじりした恋模様がとってもおすすめですよ〜」

「…………」

「あ、じゃあこれはいかがです？　『緑の騎士《きし》がいるお城』。とあるお姫様が森で迷子になってしまって、見知らぬお城に迷い込むんですが、そこには緑の騎士と呼ばれる英雄《えいゆう》が住んでいて——」

次々と伯爵が本の説明をしていく。セシリアは無関心を装って横を向いていたが、内心は気になって仕方がなかった。

（どうしてそんなに、おもしろそうなものばかり集めてくるの……っ）

ものすごく読んでみたい。うずうずしながらも、意地でもそちらを見るまいと顔を背《そむ》ける。

「ではこれはどうです？　薔薇《ばら》の精と王女様が出会うお話」

（——えっ）

薔薇の精、というところについ引かれてしまい、セシリアは彼を見た。そして、——心底後《こう》悔《かい》した。

目があった伯爵が、にこり、と嬉しげに笑う。

「あはは。やっとこっちを向いてくださいましたねー。よかったよかった」

「！」

してやられた。彼は薔薇の精うんぬんのセシリアの妄想《もうそう》は知らないはずだから、こちらが勝手に引っかかってしまっただけだろうが、それにしてもそんな嬉しげな顔をされるのは悔しすぎる。

一見邪気《じゃき》のないように見える笑顔《えがお》で、伯爵はさらに言った。

「なるほど、殿下は薔薇の精に興味がおありなんですね。一つ覚えました！　それにしても、女の子はやっぱり、お姫様が素敵《すてき》な恋に落ちるお話が大好きなんですねえ」

「……っ」

かあっと頬《ほお》が熱くなる。

本当のことを指摘《してき》されるのがこんなに恥《は》ずかしいとは思わなかった。しかもよりによってこの意地悪男に。

目を泳がせてうろたえるセシリアを、伯爵がにこやかにのぞきこんでくる。

「ふふ……可愛《かわい》いですね、殿下って」

ひくっ、と喉《のど》の奥が引きつる。

次の瞬間《しゅんかん》、セシリアは回れ右して一目散にその場から逃《に》げだした。

「おや、殿下？」

伯爵の呼び止める声にますます赤面しながら、寝室《しんしつ》に飛び込む。そのまま寝台に直行し、枕に顔をうずめた。

よくわからない感情で、拳《こぶし》がぷるぷる震《ふる》えている。いや、彼の発言に頭に来ているのだから、これはやはり怒りのせいだろう。

(信じられないわ、あんなことを軽々しく口にするだなんて！　なによ、思ってもいないくせに！　わたくしみたいな役立たずの王女が、恋物語《こいものがたり》を読んでいるのが、そんなにおかしいのっ。あんなからかい方をするなんて、やっぱり最低な人だわ！)

あの能天気な顔で笑いかけられるのが悔しくてたまらない。顔も見たくないというのに勝手に視界に入ってくるし、なぜか侍女《じじょ》たちには受けがいいし、腹立たしいといったらない。

(どうしたらいいの。いくら無視してもこたえないし……！)

なんとかしなければ、彼に毎日押しかけられたら、リヒャルトとの楽しい時間がなくなってしまう。——それに気づいたセシリアは、おそらくはこの王宮に来て初めて建設的な思考をするに至った。

つまりは、あの腹黒男をどうにかしてぎゃふんと言わせてやれないものだろうか、という前向きな気持ちを抱《いだ》いたのである。


数日後、セシリアはリヒャルトと二人で白百合《しらゆり》の宮の外にある小さな馬場に赴《おもむ》いた。

冬の空気は冷たかったが、セシリアの心は晴れ晴れとしていた。なぜなら今日は、あの憎たらしい伯爵がいないからだ。

「お寒くありませんか、殿下《でんか》」

背後から気遣《きづか》う声に、こくりとうなずく。

馬に乗るのは久しぶりだった。

以前は時々、気分転換《てんかん》にとリヒャルトが乗馬に連れ出してくれた。もちろん一人では乗れないから、彼に同乗してもらって馬場をゆっくりと廻《めぐ》るだけだ。大きな馬も、高くなる目線も怖《こわ》かったものだが、侍女たちの視線を気にせず伸《の》び伸《の》びできるのは好きだった。

何より、優《やさ》しい騎士と二人だけで過ごせるのはやっぱり心がやすらぐ。

(ラドフォード卿は、伯爵と違って意地悪なんて言わないもの。侍女たちはおかしいわ。彼よりも伯爵なんかをちやほやするなんて)

セシリアから見ればとても優しいリヒャルトだが、侍女たちは「冷たい」「そっけない」「無口で陰《かげ》がある」などと散々な評価を裏でくだしている。確かに彼は侍女たちとは事務的に接しているようだし、あまり女性に対してお世辞などを言わないが、それにしても口のうまい伯爵にみんな騙《だま》されすぎではないだろうかとちょっと腹立たしい。

「しっかりつかまっていてくださいね。怖い時にはそう仰《おっしゃ》っていいんですよ」

横向きに座ったセシリアを抱《かか》え込むようにして支えながら、優しく彼が促《うなが》す。おずおずと胸にしがみつき、セシリアは軽く目を閉じた。

そうしていると、遠い昔、兄だった人に同じように乗せてもらったことをいつも思い出す。

(あのときも、こんなふうにゆっくり歩いてくださったわ。わたくしが怖がらないように……)

兄との思い出は残念ながらあまり覚えていない。頻繁《ひんぱん》に会えるような人ではなかったし、離《はな》れて暮らしていたことも多かった。だがそのぶん、会った時にはとても優しくしてくれた。

(まるで、ラドフォード卿みたいに——)

生き別れた兄に彼はよく似ている。だがその一方では、まったく似ていないような気もする。幼いころの記憶《きおく》は曖昧《あいまい》すぎてはっきりとはわからない。似ていると自分が思いたいだけなのかもしれなかった。

ぽくぽくと馬がゆっくり歩を進める。揺《ゆ》られるままになりながら、セシリアは遠くの空を見上げた。鉛色《なまりいろ》の空。故郷より北に位置するこの都の冬は、何もかもが灰色に見えて、あまり好きではない。

そんなことを考えていたら、身体《からだ》に回された手がぽんと腕《うで》をたたいた。

「早く春になるといいですね。暖かくなったら、どこかにお出かけしましょうか」

見れば、リヒャルトが微笑《ほほえ》んでいる。どうして考えていることがわかるのだろうと思いながら、セシリアはうなずいた。

（おでかけって、どこへ行くのかしら。お願いしたら、またピアノをひいてくれるかしら？　彼とふたりなら、どこでもいいのだけれど――）

「では、伯爵《はくしゃく》にも言っておきますね」

「……!?」

あっさり続いたその言葉に、目を瞠《みは》って彼を見上げる。ぶんぶんと頭《かぶり》を振《ふ》って拒否《きょひ》するセシリアに、リヒャルトは不思議そうな顔をした。

「お嫌《いや》ですか？」

（い……、いやに決まっているじゃないのっ）

せっかくの楽しいお出かけに、なぜにあの腹黒男を誘《さそ》わねばならないのだ。

「ですが、ずいぶん仲良くしていらっしゃるように見えましたが……。殿下があのように誰《だれ》かと交流なさるのは初めてですし」

（な――）

セシリアはもう一度目をむくと、急いで帳面と筆記具を探した。仲良くしているだなんて冗《じょう》談《だん》じゃない。心外すぎる誤解を一刻も早く解かなければ。

（あ……ここにはないのだったわ）

なにしろ乗馬中だ。さすがに持ち合わせがない。

焦《あせ》っているのがわかったのか、リヒャルトが掌《てのひら》を差しだす。帳面代わりにここに書けということらしいと察し、セシリアは憤然《ふんぜん》と指を走らせた。

『あの人、嫌《きら》い。意地悪だから』

殴《なぐ》り書きのようにそう綴《つづ》る。リヒャルトは黙《だま》ってそれを見ていたが、やがて小さく笑った。

「意地悪、ですか」

『そうよ！』

むっと頬をふくらませてセシリアはうなずく。リヒャルトはおかしそうに相好を崩《くず》し、軽く首をかしげた。

「そうですか？　でも、近頃《ちかごろ》の殿下は、ずいぶんとお元気になられましたよ？」

「……？」

（いったい、なんのこと？）

元気どころか、伯爵との攻防《こうぼう》でむしろ疲《つか》れているのだが。

意味がわからず、セシリアが訝《いぶか》しげに彼を見つめ返した時だった。──地を揺るがす軽快な蹄《ひづめ》の音が聞こえてきたのは。

「ん──フレッド？」

「!?」

リヒャルトの意外そうなつぶやきに、ぎょっとしてセシリアも振り返る。馬場に続く道を白馬に乗って駆《か》けてくる金髪《きんぱつ》の少年が見えて、思わず顔が引きつった。

（どうしてここがわかったの!?　今日は行き先を秘密にしていたはずなのに……！）

徹底《てってい》無視するため、伯爵にだけは内密にとリヒャルトにも侍女にも手配してきたのだ。せめてもの仕返し、これで少しはぎゃふんと言わせられるかもしれないと思っていたのに——なぜあんな全開の笑顔《えがお》でこちらへ向かってくるのか。

「アッハッハッハ、殿下ー！　お待たせしましたー！」

（なっ……、これっぽっちも待ってなんかなくってよッ！）

セシリアは慌《あわ》ててリヒャルトにしがみつき、彼の掌に指を走らせた。

『逃げて！』

「え？　しかし」

『早く！』

青ざめて繰《く》り返す間にも、伯爵の白馬は颯爽《さっそう》と馬場に駆け込んでくる。その姿は物語に出てくる白馬の王子そのものだったが、セシリアにとっては今や悪魔《あくま》の笑顔にしか見えない。

「アハハハ、もうっ、殿下ったら、隠《かく》れんぼならそうとおっしゃってくださればいいのにー。王宮中捜《さが》しまわっちゃいましたよー」

（だ、れ、が、あなたみたいな意地悪人間とかくれんぼなんてするものですかっ）

ありえない勘違《かんちが》いをされて頭に血が上るやら、早く逃げ出したくて気が焦るやらで、混乱しながらセシリアはリヒャルトにしがみつく。必死の訴《うった》えが届いたのか馬がゆっくり動き出したが、リヒャルトは逃《に》げる理由がわからないらしく、あくまでも歩かせる速度だ。

その隙《すき》に、うさんくさい笑みをたたえた伯爵は、楽しげに馬を隣《となり》に並べてしまう。

「ウフフフ、つーかまーえたっ！」

（きゃーっ！）

むんずと肩《かた》をつかまれ、セシリアは声にならない悲鳴をあげた。逃げ出そうとして、じたばたと腕を振り回す。

「いやー、そんなに喜んでいただけるなんて！　はりきって捜した甲斐《かい》があったというものです！」

（ちがうー！）

これが喜んでいるように見えるなんて、どれだけ節穴な目を持っているのか。

「じゃ、次はぼくが隠れる番ですね！　よーし、見つからないよう頑張《がんば》っちゃうぞー！」

勝手に話を進めている伯爵に、セシリアは引きつりながらぶんぶんと頭を振る。

（こんなに嫌っているのに、どうして気づかないのーっ）

そんな、はたから見れば埒《らち》もない戯《たわむ》れに見える二人をリヒャルトが黙ったまま見つめていたことに、逃げるのに必死なセシリアは気がつかなかった。

一体どうしたら彼をやりこめることができるのか。

それを考えるのが近頃のセシリアの日課になりつつあった。

無視しても効かない。思い切って辛辣《しんらつ》なことを帳面ごしに言ってみれば、むしろ嬉《うれ》しそうな顔をする。時々思い出したように変な品物を送りつけてきたり、もうわけがわからない。

「いやですわ、大人をからかうのはおやめあそばして。あんなものはただの手慰《てなぐさ》みですわ」

「そんな、からかうだなんて。先生の書かれた論文に本当に感動したから、そう言っただけですよ？　怪奇《かいき》心理学なんて、ものすごく心惹《こころひ》かれる学問じゃないですか。個人的にご教授願いたいくらいです」

「もう、伯爵ったら……」

勉強の時間が終わるのを見計らったように押しかけてきた伯爵が、女教師ときゃっきゃと戯れるのを眺《なが》めながら、セシリアはひそかに考えていた。

（なにか弱みはないのかしら。苦手なものとか、なんでもいいのだけれど……でも、あれこれ訊《き》くのは癪《しゃく》だし）

きっと、「ぼくに興味がおありなんですね！」などと斜《なな》め上の勘違い発言をしてくるに違《ちが》いない。そして結局はこちらの弱みを逆に握《にぎ》られる羽目になるだろう。

悶々《もんもん》と考えているうちに一通り戯れ終わったらしい。女教師はいつのまにか退室しており、部屋には伯爵だけが残っていた。そういえば今日はリヒャルトは少し遅《おく》れると言っていたのを思いだし、セシリアはあからさまに仏頂面《ぶっちょうづら》になる。

(それまで二人だけでいないといけないなんて。ああ、はやくラドフォード卿が来てくれないかしら)

彼がいてくれれば後ろに隠れられるのに、それができないのは痛い。

そんな王女の内心を知ってか知らずか、伯爵は呑気《のんき》な様子で話しかけてきた。

「前も思ったんですが、殿下《でんか》は赤がお似合いですよねえ」

彼はセシリアの来ているドレスをしげしげと見ている。今日の衣装は赤い濃淡《のうたん》の生地《きじ》でできていた。赤毛だからか、それとも年齢《ねんれい》のせいか侍女《じじょ》らは明るい色ばかり着せたがる。

それがどうした、とセシリアが見ると、伯爵は何気ないふうで身を乗り出してきた。

「ほら、初めて会った時。あの時も赤いずきんをかぶっていらっしゃいましたよね」

「……!」

覚えていたのか。これまでまったく口にしなかったから、てっきり忘れているのだと思っていた。

(そういえば、あのとき、だれにも内緒《ないしょ》だって言っていたけれど――)

何か理由があって黙っていたということだろうか。しかし秘密にする理由がわからない。

セシリアは少し迷ったが、思い切って帳面を開いた。

『どうしてあのときのことを秘密にするの？』

書き付けを見た伯爵が肩をすくめる。

「王女殿下の宮殿《きゅうでん》に無断で入ったと知られたら、偉《えら》い方たちに怒《おこ》られちゃいますからね」

セシリアは首をかしげ、再びペンを走らせる。

『そんなこと、だれでもやっているわ』

知らない人が勝手に入ってきて白百合《しらゆり》の宮をぶらぶら歩いているのは、時々見かけた。王女の自分に会いに来たわけではないようだから気にも留めなかったが。

ところが、それを読んだ伯爵《はくしゃく》はふと笑みを消した。

「いるんですか？　無断で入ってくる人が？」

意外な反応に、セシリアは瞬《また》きながらうなずく。

『でもすぐに帰ってしまうし、だれも怒ったりしていなかったわ』

「……」

伯爵は、紙面を見つめたまま黙り込んでしまった。

珍《めずら》しく真面目《まじめ》な顔つきの彼に驚《おどろ》きつつも、セシリアはまじまじ見つめる。そうしていると普《ふ》通《つう》に〝王子様〟みたいだった。

（いつもそうしていればいいのに。こっちのほうが——素敵《すてき》なのに）

ついそんなことを思ってしまい、自分で自分が恥《は》ずかしくなる。思わず赤くなったセシリアだったが、伯爵が我に返ったように目線をあげたのを見て、はっとした。

「今、ぼくに見とれていらっしゃいましたね？」

「！」

「フフ、いいんですよ、そんなに隠さなくても。ぼくが美しいのは世界中の人が知っているところですからね。殿下が釘付《くぎづ》けになられるのも無理はありませんよ」

うんうんと納得《なっとく》したように伯爵はうなずく。半分は図星だったためセシリアはますます赤くなった。どうして彼はこんなに目ざといのだろう。

怯《ひる》んだのがわかったのかどうか、すかさず伯爵がさらに身を乗り出してくる。

「そんなにお好きなら、遠慮《えんりょ》なさらずぞんぶんに言葉に出して褒《ほ》めてくださっていいんですよ？　殿下、ぼくとの賭《か》けのことをお忘れではないでしょうね。早くお声を聞かせてくださらないと、可愛《かわい》い声の小鳥を連れてきちゃいますよ？」

あくまでもにこやかに、けれどセシリアにとっては残酷《ざんこく》なことを彼は平気で言う。

そんな賭けのことなど知らない。むしろ声が出ないことすら忘れていた。

──彼といると、いつのまにか心の中で饒舌《じょうぜつ》になってしまうから。

（なによ……なによっ！）

いろんな感情が一気に高ぶり、カッとなったセシリアは帳面に乱暴にペンを走らせた。

『帰って！』

殴《なぐ》り書きのそれを、伯爵が平然と見る。セシリアは咄嗟《とっさ》にその頁《ページ》を破りすてると、ぐしゃぐしゃに丸めて彼に投げつけた。

腹のあたりに当たったそれは、ころんと床《ゆか》に転がっていく。セシリアは軽く息を切らし、呆《ぼう》然《ぜん》とそれを見た。

（あっ……）

すぐに頭が冷えた。

我ながら自分の行動が信じられなかった。頭に来たのは確かだがそれを誰かにぶつけるなんて――しかも物を投げるなんて、ありえないことだ。少なくとも淑女《しゅくじょ》のやることではない。

はっとして伯爵を見やる。当然彼も驚いただろうし、こんなことをされて怒っているだろう。

そう思って顔を強《こわ》ばらせたが――。

(……え!?)

うつむき加減に転がった紙くずを見ていた伯爵は、なんと、にやりとほくそ笑《え》んだのだ。

「いやー、お見事です、殿下。次はもっと大物を投げられてはいかがです？　きっと気分爽快《そうかい》で気持ちいいと思いますよ。よかったらぼくもお手伝いします」

にやにやと嬉しそうに笑う伯爵を、セシリアは唖然《あぜん》として見つめる。すると伯爵は、はっとしたように胸を押さえた。

「ひょっとして、今の行為《こうい》はぼくへの愛のメッセージだったんですか？　やだなあ、それならそうと言ってくださらないと！」

今度は何を言い出すのか。目をむくセシリアに、伯爵はにっこりと自分の胸を示す。

「次からは、ぼくに愛の言葉を投げたい時には、ちゃんとここを狙《ねら》ってくださいね？」

「……っ」

完全におちょくられている。

むかーっと頭に血が上り、セシリアは帳面の頁をやぶると、ぐしゃぐしゃに丸めてまた投げつけた。何かに取り憑《つ》かれたように何度もそれを繰《く》り返し、伯爵にぶつけまくる。

とうとう全部の頁をそうしてしまい、投げるものがなくなっても、まだ怒《いか》りは収まらない。

ふと横を見れば、どっしりとした花瓶《かびん》が目に入った。同じく気づいたのだろう、それまで平然と紙つぶてを受けていた伯爵が、よろよろっと後退《あとずさ》る。

「殿下、ま、まさか、今度はぼくにそんなものをぶつけるおつもりですか……!? ああ、それはいけません、殿下の白魚の手を痛めてしまいます。もしそうなったらぼくは傍付きとしてどう責任をとればいいのか……!」

セシリアはむんずと花瓶をつかむ。しきりに止めているのになぜだかあおっているような、その言葉の裏の意味など理解できるはずもない。ただただ、伯爵がうろたえているようなのが嬉しかったのだ。

(そうやって、もっともっと困るがいいわ――!)

今こそやりこめる好機だ。息をはずませ、大きく花瓶をふりかぶったが――。

「――殿下!?」

ぎょっとしたような声がして、セシリアはぴたりと動きを止めた。

振《ふ》り返れば、リヒャルトが唖然としてこちらを見ている。彼の視線が明らかに花瓶に注がれているのに気づき、セシリアは一瞬《いっしゅん》にして頭が冷えた。そしてすぐさま真っ赤になった。

こんな非常識な場面を見られてしまうなんて。彼が呆《あき》れているのがわかって、恥ずかしいのといたたまれないのとで、咄嗟に寝室《しんしつ》に逃《に》げ込んだ。声が追いかけてきたが、聞こえないふりをして寝台《しんだい》にもぐりこむ。

（はずかしい……！　どうしてあんなことをしてしまったの。わたくしのばか……！）

いつものように、からかわれても我慢《がまん》すればよかったのに。伯爵に対抗《たいこう》したいがためについむきになってしまった。あんな乱暴なところを見られて、リヒャルトにまで嫌《きら》われてしまったらどうしよう。

これもすべて伯爵のせいだ。本当に憎《にく》らしいといったらない。

けれど一方では、ためこんでいたものを発散した時の爽快感《そうかいかん》が頭から離《はな》れなかった。

（……ちょっとだけ、気持ちよかった……）

不本意ながらそうつぶやき、セシリアは赤くなった顔を枕《まくら》にうずめた。

王女の騎士《きし》には、白百合の宮の中に小さなサロンが貸し出されていた。休憩室《きゅうけいしつ》と控《ひか》え部屋、執務《しつむ》室《しつ》などあらゆる役目をするその部屋で、先に待っていた親友は優雅《ゆうが》に茶を飲んでいた。

「やあ、リヒャルト」

軽くカップを掲《かか》げてみせたフレッドに、リヒャルトはうなずいて席につく。

「遅《おく》れてすまない」

「これくらい構わないよ。薔薇《ばら》茶だけど、いい？」

フレッドが笑って茶を注ぐ。覚えのある芳香《ほうこう》が広がった。薔薇園の管理人が調合したもののようだ。リヒャルトは礼を言って、さっそく本題に入った。

「それで、気になることって?」

王女のことで話し合いの機会を持つことはよくあるが、こんなふうにあらたまって呼び出されるのは珍しい。

「白百合の宮に無断で出入りしている人がいるって聞いたんだ。それを確かめたくてね」

「無断で……? まさか。許可がないと入れないようにしているぞ」

「ぼくらが来てからはそうだけど。その前の話さ」

リヒャルトは眉《まゆ》をひそめる。王女の傍付きになって以来、不審《ふしん》者の出入りには何よりも気を遣《つか》ってきた。セシリアの環境《かんきょう》を変えるため側仕《そばづか》えの者たちの入れ替《か》えも行ってきたから、特に慎重《しんちょう》にしていたのだが——自分たちがやってくる前はそんなことがあったのだろうか。

「それは把握《はあく》していなかった。そういう事実があったのか」

「深刻な事態ではなかったようだけどね。陛下が手配された警備は機能してたし、王女殿下《でんか》にもそんなに怯《おび》えたところは見られなかったし」

「どこからの情報なんだ?」

「殿下ご自身に聞いたんだよ」

けろりとしてフレッドが答える。あんなに喧嘩《けんか》ばかりしているのに、いつのまにそんな話を打ち明けられる仲になったのかとリヒャルトが見つめると、彼は一つ息をついて続けた。

「白状しよう。実は、傍付きになる前に白百合《しらゆり》の宮に来たことがあるんだ。秋だったかな」

「……一人で？」

「うん。しかも無断で。ごめん」

「謝らなくてもいいけど……。どうしてまた？」

秋ならば、もうリヒャルトは傍付きになっていた。言ってくれれば取り次ぎしたのに、そんなことを遠慮する人ではないはずだが。

「演習名目で王宮の視察みたいなのがあってね。こんなことでもないと王宮になんて入れないだろ？　だからちょっとだけ抜《ぬ》け出して、こっそり来てみたんだ。ぼくも殿下のことはずっと気になってたし」

父である公爵《こうしゃく》の庶子《しょし》ということになっている彼は、祖母デルフィーヌの妨害《ぼうがい》もあってなかなか王宮に入ることができない。リヒャルトと違《ちが》って上級士官組だから軍学校での時間割も厳しいものがある。そんな中で隙《すき》をぬって行動を起こしたらしい。

「ま、本当は物陰《ものかげ》からのぞいて、顔だけ見たら帰ろうと思ってたんだけどねー。殿下があまりにもしょんぼりしてらっしゃるように見えたからさ。ついつい声をかけちゃった」

頬杖《ほおづえ》をついたまま、フレッドがにこっと笑う。リヒャルトは納得して表情をあらためた。

「ひょっとして、殿下が迷子になられた時のことか？」

「ああ、そうそう」

「どうりで……都合よくフクロウが飛んできたと思ったよ」

フレッドが飼っている白フクロウは王宮に住む人々との間の連絡《れんらく》手段にもなっている。そのため上空を飛んでいるのは珍《めずら》しくないのだが、あの時はどこか変わった旋回《せんかい》をしていたのが気になって、追ってみたら王女を発見したという経緯《けいい》があった。

「で、その時の思い出話の流れで、王女殿下からさっきの情報を聞いたというわけだよ。本当なら対策を講じなきゃいけないからね。さすがに今はないと思うけど、念のために」

小さく肩《かた》をすくめて茶を口に運ぶフレッドを、リヒャルトはまじまじと見つめる。

セシリアは彼と会ったことを何も言わなかったが、出奔《しゅっぽん》したのが気まずくて言い出せなかったのだろうか。それともフレッドの普段《ふだん》の態度からして素直《すなお》に打ち明けられずにいたのか。どちらにしても、彼がいつも王女のために働いていると知ったら、彼女はどう思うだろう。

「ん？　何？」

視線に気づいたのかフレッドが不思議そうに瞬《また》く。いや、とリヒャルトは首を振った。

「表と裏で態度が違いすぎるなと、しみじみ思って」

「えぇーそんなあ。はっきり言いすぎー」

「俺はわかっているからいいけど——あまりいじめると本気で嫌われるぞ」

ふふっ、とフレッドは楽しげに笑う。

「嫌われたいんだよ」

は？　と聞きかえすリヒャルトに、彼は大げさな調子で天を仰《あお》いだ。

「だって殿下が一番お好きなのはきみだろ？　ぼくだって一番になりたいのに、このままじゃ絶対無理だもん」

「だから一番嫌われようって？」

「そ。何事も、やるからには一番を目指さなきゃね」

「なんて理屈《りくつ》だ」

リヒャルトは呆れたが、しかし一方ではいかにも彼らしい思考だとも思った。あまのじゃくなんて言葉では収まらない、独特の感性の持ち主なのだ。

（殿下も一応、フレッドの好みの範囲《はんい》に入っているからな……）

どうやら彼は、興味のある対象にちょっかいをかけまくる癖《くせ》があるらしい。いわく、面白《おもしろ》い人が好き、なのだそうだ。セシリアに関してもそれは例外ではなく、まだ年端《としは》もいかない王女が地質学やら歴史書やら小難しい書物を読んでいたことに好奇心《こうきしん》を抱《いだ》いたようで、「いろいろ話をしてみると結構面白いよ」とのことだった。ちなみにその書物は王太子のジークが贈《おく》ったものなのだが、絵本や物語ではなく学術書を贈るあたり、義妹《ぎまい》がまだ幼い少女だということは彼もあまり気にしていないらしい。

「――けど、わざとやってるのはそれだけが理由じゃないんだろう？」

表情をあらためてリヒャルトは続ける。頬杖をついたまま、菓子のクリームに戯《たわむ》れのように果物の欠片《かけら》を載《の》せていたフレッドが、あっさりとうなずいた。

「思うにさ、殿下の周りには一種類の人間しかいなかったんだよね。職務に忠実に、王女として大事にしてくれる人たちだけ。でもそれがかえって殿下の息を詰《つ》まらせてたと思うんだ。いや、彼女たちが悪いんじゃないよ？　よくやってくれてたからこそ、殿下はやり場のない思いを抱《かか》えることになる。つまりは嫌われ役がいなかったんだ」

「……そうかもな」

侍女《じじょ》たちも教師らもよくやってくれている。それでいて王女がここを窮屈《きゅうくつ》に思うのは、その息苦しさをぶつける相手がいないからなのだろう。

「やり場のない思いをぶつけようにも、やり方を知らないんだ。あの子は——もともと内気でおとなしい子だったから」

フレッドがちらりと見る。リヒャルトはため息をついて物思いに沈《しず》んだ。

ここで初めて会ったころのセシリアはどこか生気のない子どもだった。少女らしい溌剌《はつらつ》とした輝《かがや》きを失った瞳《ひとみ》、表情に乏《とぼ》しい顔。何より声を出せなくなっていることにリヒャルトは大きなショックを受けた。どれだけ心細く、肩身《かたみ》の狭《せま》い思いをしてきたのか。そんな環境に三年も一人で置き去りにしていたことが心底申し訳なかった。

以来、それまでのぶんを取り返すように大切にしてきたつもりだが、ここ最近の彼女を見ていると、自分の行いはあまり意味がなかったような気がしてくる。

「俺は、殿下を甘やかしすぎかな……」

嫌《いや》だと思うことはしなくてもいい。苦しいことからは逃《に》げていい。自分がその逃げ場所になろう——そう思ってやってきたが、それが逆に彼女を内向的にしてしまったのかもしれない。

ひらひらとフレッドが手を振《ふ》る。

「いや、きみはそれでいいんだって。べったべたに甘やかしてくれる人が一人くらいいなきゃ、ぼくが意地悪する意味がないじゃない」

「……あれってやっぱりいじめていたのか？」

「あはは、うーん、ばれたか」

あっけらかんと笑うのを、リヒャルトはやれやれと見やる。

意図をわかっていても彼の言動には時々ひやりとさせられる。だが一方では、〝喧嘩するほど仲が良い〟をまさしく現在進行中の二人を微笑《ほほえ》ましくも感じていた。――彼女のほうには多分に異論はあるだろうが。

フレッドが来てからの王女は明らかに変わった。表情が豊かになったのが最たる変化だ。少し前までは今のように怒《おこ》ったり拗《す》ねたりといった表情さえ彼女は知らなかった。そんな感情は遠い昔に置き忘れ、それ以降、誰《だれ》も教えてこなかったからだ。

（俺が何をどうしてもできなかったのに……）

ふとそんなことを考えて、思わず苦笑《くしよう》してしまう。こんなことで妬《や》いても仕方がない。彼に感謝しているのは本心からのことなのだから。

「でも今のままじゃまだ危ないね。もし何かあったら、殿下はすぐにでも自分の殻《から》に閉じこもっちゃうよ。何かきっかけがあればいいんだけど」

「ああ――、そうだな。親しい友人とか取り巻きができれば、少しはお変わりになるかもしれないが……」

ぶつぶつとフレッドはつぶやいていたが、ふいに眉《まゆ》を寄せて身を乗り出してきた。

「ところでさ。きみ、浮気《うわき》してないよね？」

「浮気？」

そんなもの、いろんな意味でしようがないのだが。と思いつつ見返すと、彼は不満げに口をとがらせた。

「ぼくに内緒《ないしょ》で勝手に恋人《こいびと》とか作らないでよ？　ほんとそういうの困るから」

「困るって、何が」

「心配だなあ。ちょっと憂《うれ》いのある美少年って女の子は大好きなんだから、気をつけなよね。最近は白百合の宮にもお嬢《じょう》さん方のお客様が増えたしさあ」

「きみが連れてきたんじゃないか、全員」

宮廷《きゅうてい》から切り離《はな》されて閑散《かんさん》としていた白百合の宮は、フレッドに引かれて集まった女性たちのおかげで華《はな》やかになった。もちろん名目上は王女のご機嫌《きげん》うかがいということになっている。いずれは友人になる者も出るかもしれないし、交流を持つのは悪いことではない。

「またそんなそっけない言い方するぅ。そういうぶっきらぼうなところが素敵《すてき》、とか言っちゃう女の子が突撃《とつげき》してきたらどうするのさ」

「避《よ》ければいいだろう、そんなの。問題ない」

「またもー」

「友人か。友人ねえ……」

さかんに嘆《なげ》いているふうのフレッドを眺《なが》めながら、リヒャルトはしみじみと考える。

(俺にはできないことを、彼ならやれるんだよな……)

優《やさ》しく護《まも》るだけではなく、嫌《きら》われたいのだと言い切る強さや多少無茶《むちゃ》ともいえる明るさこそが、セシリアには必要なのかもしれなかった。

「そんなにつんつんしてるけど、そういう人ほど、ある日突然《とつぜん》誰かとつきあっちゃったりするものなんだよねー。そうなる前にちゃんとぼくに言ってよ？　告白されたとか手紙をもらったとか。そもそも、どんな女の子が好みなんだっけ、きみって」

聞き流しているのがわかったのか、フレッドがずいと身を乗り出してくる。リヒャルトは少し笑って茶を飲んだ。

「何もないよ。それより自分の心配をしたらどうだ。あれだけ騒《さわ》がれてたら、きみも何か考えないといけない時がくるだろう」

「恋愛《れんあい》のこと？　恋《こい》ならいつでもしてるよ。――自分に」

「いや、そういうのじゃなくて」

決め顔で言い放った彼にリヒャルトは真面目《まじめ》に突《つ》っ込みを入れる。フレッドはけらけらと笑い、カップを口に運びながら遠くへ目をやった。

「ま、いつかは誰かに恋することもあるかもしれないけど。心を捧《ささ》げる相手はもう決まってるからねー」

冗談《じょうだん》なのか本気なのかわからない顔で言った彼を、リヒャルトは訝《いぶか》しげに見つめた。

春が過ぎ、夏に近づいた頃《ころ》から、セシリアはめっきり忙《いそが》しくなった。

それというのも連日のように客が訪《おとず》れるからだ。やれ珍《めずら》しい菓子《かし》が手に入っただの、やれ旅行の土産話《みやげばなし》を聞かせたいだの、様々な理由をつけては面会の申し出があり、それを話の種として茶会が開かれる。

名前も顔も知らない令嬢《れいじょう》や貴婦人たちが親しげに遊びにくるのは、それまで静かに暮らしていたセシリアにとってはたじろぐことも多かったが、一方では心が浮《う》き立つ思いもあった。

「姫様、今日はヴァルドー侯爵夫人がいらっしゃる日ですよ。なんでも、美しい花の苗《なえ》を見つけたので、姫様にお見せしたいのですって」

侍女のローズの言葉に、セシリアはほんのりと頬《ほお》を赤らめた。

ヴァルドー侯爵夫人は最近親しく交流している貴婦人だ。正確な年齢《ねんれい》はわからないが十歳のセシリアから見れば立派な大人の女性で、ひそかに母親のように想《おも》って慕《した》っていた。侯爵夫人のほうも自作の詩など贈ってくれたりして、とてもよくしてもらっている。

「それと、姫様。フレデリックさまも同席されるそうですわ」

うきうきしたようにローズが言い、セシリアはたちまち仏頂面《ぶっちょうづら》になった。

一つ面白《おもしろ》くないことといえば、相変わらずあの腹黒男が周辺に出没《しゅつぼつ》していることである。いくら無視しても効かないどころか、さらなる意地悪な言葉を投げかけてくる彼。腹が立ってしょうがないので、近頃《ちかごろ》ではなるべく視界に入れないようにしていたのだが。

「ふふっ。フレデリックさまがいらっしゃると、華やかになっていいですわねえ、姫様」

ロースは嬉《うれ》しそうだ。新参の彼女は早くも伯爵《はくしゃく》の口車に騙《だま》されてしまっているらしい。

（どこがいいのよ。あんな最低な人）

ふん、とセシリアは鼻を鳴らす。彼女だけでなく他《ほか》の侍女たちも揃《そろ》って騙されているのだから、伯爵の口先のうまさには敵ながら恐《おそ》れ入る。もっとも、伯爵が訪れるときゃあきゃあと落ち着きなく騒ぎ立てるので、それで白百合《しらゆり》の宮が賑《にぎ》やかになっている面はあるかもしれない。

（侍女たちも、ほとんどが入れ替《か》わってしまったものね。前は静かな人が多かったけれど）

リヒャルトと伯爵が傍付きになってから、侍女たちの入れ替えが進んだ。今いる侍女たちは以前に比べて若い者が多く、歳《とし》が近いという点ではセシリアも親しみが持てていた。

もう一つ変わったことといえば、使用していなかった部屋のいくつかをサロンとして使うようになったことだ。直接王女に目通りを願う者だけでなく、令嬢たちが自由に交流できるようになっている。

今日の茶会の場に向かう途中《とちゅう》、そのうちの一つの前を通りかかると、中から楽しげな笑い声が聞こえてきた。ベルンハルト伯爵、という名前が聞こえて、セシリアは思わず足を止めてしまった。

「――それはそうでしょう。伯爵がいらっしゃらなければ、わざわざここに足を運んだりなんてしませんわ。お茶会なら、他でもできますもの」

「主催《しゆさい》の王女殿下《でんか》はずっとだんまりですものねえ。なんのための集まりだかわかりませんわ」

可愛《かわい》らしい声で笑いさざめくのが聞こえる。

咄嗟《とつさ》にどういう事態なのか理解できずセシリアが固まっているところに、聞き覚えのある声がした。

「皆《みな》さん、そんなことを仰《おつしや》ってはだめよ」

ヴァルドー侯爵夫人だ。ただし、セシリアが知る彼女の声とは違《ちが》って、揶揄《やゆ》するような冷たさがこもっていた。

「養女とはいえ、一応は王女殿下でいらっしゃるのですもの。ベルンハルト伯爵が親しくなさっているところを見ると、これから宮廷でときめかれる可能性がありますわ。しっかり気に入られて取り巻きになっておかないといけないのに、そんな悪口を言うなんて」

「侯爵夫人は殿下のお気に入りですものねえ」

「殿下のぶんまでおしゃべりなさって、頑張《がんば》っていらっしゃるもの。将来の王女付き女官長でも狙《ねら》っていらっしゃるんじゃなくって？」

きわどい会話が楽しげに繰《く》り広げられている。彼女たちにとってはまさしく遊戯《ゆうぎ》のつもりで言葉をかわしているのかもしれなかった。

「ひどいわね、皆さん。わたくしはこんなに王女殿下のことを想っていますのに」

侯爵夫人の嘆くような声が続く。

「ほら、ご覧《らん》あそばして。この花、わざわざ取り寄せましたのよ。王女の赤い髪《かみ》とそっくりで品のない色でしょう？　今日の茶会で差し上げようと思っていますの」

「あらまあ、本当。きっとお気に召《め》しますわよ、侯爵夫人——」

あくまでも笑い声はたおやかで楽しげで——足下《あしもと》がふらつき、セシリアはその場にしゃがみこんでしまった。

（どういうことなの？　どうして……？）

理解できない小さな子どもならどんなによかっただろう。だがセシリアにはわかってしまった。彼女たちの笑顔《えがお》が、優しい言葉が、嘘《うそ》だったことが。

姫様、とローズがうろたえた声をあげる。胸の中に嵐《あらし》が巻き起こったような混乱に襲《おそ》われながら、セシリアはふと視線を感じて顔をあげた。

「——！」

白い石の回廊《かいろう》に伯爵が立っていた。見た瞬間《しゅんかん》、かっと頰に熱がのぼった。

伯爵は黙《だま》ったままこちらに歩いてこようとする。セシリアは咄嗟に立ち上がり、逆の方向へと駆《か》け出した。

彼女たちが伯爵目当てにやってきているとも知らず、優しくしてもらったり贈《おく》り物をもらったりして喜んでいた自分が滑稽《こっけい》でみじめで、いたたまれない。いつものように伯爵に心の中で毒づくこともできなかった。

王宮にいることに耐《た》えられず、セシリアはグリンヒルデ郊外《こうがい》にある離宮《りきゅう》へと逃亡《とうぼう》した。

もちろん一人で行けるわけがないからリヒャルトに頼《たの》んだのだが、彼は事情を知ってか知らずかあっさり了承《りょうしょう》して連れてきてくれた。普段《ふだん》は使われていない離宮は人気《ひとけ》もなく静かで、ごく少数の侍女《じじょ》だけを連れて人目を忍《しの》ぶようにしてここに入った時、心からほっとした。

（やっぱり、わたくしにはこういうほうが合っているわ……）

だが、そう思ったのも束《つか》の間、ここも安住の地ではなかったことはすぐに思い知らされることとなった。

「――ごきげんよう、殿下。お久しぶりですが、お元気でしたか？」

静かな日々がしばらく続いたある日。招かざる客は突然《とつぜん》押しかけてきた。

相変わらずの能天気きわまりない顔で伯爵が部屋に入ってきた時、セシリアは本当に心臓が止まりそうになった。驚《おどろ》いたのはもちろん、あの時のことを思い出してしまったからだ。

「…………っ」

忘れたい言葉や笑い声がよみがえり、ぎゅっと胸をつかまれたようになる。みじめすぎて涙《なみだ》も出なかった自分と、それを伯爵に見られたこと。振《ふ》り返らないようにしていたのに、ありありと脳裏《のうり》に浮かんでしまう。

「どうしたんだ、フレッド。こちらに来て大丈夫《だいじょうぶ》なのか？」

気遣《きづか》うようにリヒャルトが背をさすってくれる。だが伯爵の返答は、セシリアの一瞬《いっしゅん》の安心感を一気に吹《ふ》き飛ばした。

「ああ、大丈夫大丈夫。他の人にお迎《むか》え役を取られたくなくてね、急遽来《きゅうきょ》ちゃったんだ」

「――！」

顔から血の気が引くのがわかった。

お迎え役ということは、彼は自分を王宮に連れ戻《もど》しにきたのだ。おそらく国王に命令されたのだろう。そうなったら無理やりにでも連れて行かれるかもしれない。

（そんなの、嫌《いや》……！）

二人は何事か話し込んでいる。その内容すら耳に入ってはこなかった。気がつくとセシリアは踵《きびす》を返して駆け出していた。

せっかく離宮に逃《に》げ出してきたのに、ここも安全な場所ではなかったのだ。他に行く宛《あ》ても頼《たよ》れる人もいなかったが、とにかくこのまま居続けるわけにはいかなかった。

（逃げないと……早く、どこかに行かないと！）

離宮の裏には森が広がっている。外へ出ると、とりあえず伯爵に見つからないようにそこへ隠《かく》れることにした。幸い、夏も近い季節だから凍《こご》えることはない。

（伯爵があきらめて王宮に帰るまで、ここに隠れていれば、だいじょうぶ……）

森へ入って、大きな木の陰《かげ》に身を潜《ひそ》める。濃《こ》い緑の匂《にお》いがした。はずむ息を殺しながら、セシリアはそっと胸を押さえた。

どうして戻らなければならないのだろう。華《はな》やかでにぎやかだった日々は間違《まちが》っていたのだ。友人も取り巻きも、母親のように憧《あこが》れていた人も、みんないらない。ひっそりと、誰《だれ》にも知られずに暮らす——以前と同じ毎日が戻ってきたのに。

(もう、王宮になんか戻りたくない)

ここでずっと暮らせたらどんなにいいだろう。いや、むしろそうするべきだ。自分が王宮にいたところでなんの役にも立たないのだから。

(がんばって、陛下にお手紙を出してみようかしら……)

心がかき乱された反動で、少しうとうとと意識がまどろんでいく。

(また……ラドフォード卿にも言わずにきてしまったわ……)

「殿下、みーつけた！」

「——!?」

突然、能天気な声が降ってきて、セシリアはぎょっと目を開けた。

日がかげり、あたりは先ほどより薄暗《うすぐら》い。そして、いないはずの伯爵がなぜか当然のように目の前に立っている。

「もー、殿下ったら、急にいなくなっちゃうんですもん。びっくりしましたよー」

いつのまにか眠《ねむ》ってしまっていたことにやっと気づいて、セシリアは青くなった。

こんなところで、しかもよりによって彼につかまりたくはない。急いで立ち上がると、呑気《のんき》に笑っている伯爵の傍《そば》をすり抜《ぬ》け、脇目《わきめ》もふらずに駆け出した。

「――あれ？　殿下？」

不思議そうな声が背後でしたが、構わずに走る。森の奥へ入ってしまえば、いくら彼でもそう簡単には追いつけないはずだ――。

「もしかして、この前の隠れんぼの続きですかー？」

（ひっ）

難なく追いつかれて笑顔で横に並走され、セシリアは引きつった。

「今日は鬼《おに》ごっこですね？　よーし、負けませんよー」

（いやーっ！）

ここにきてまでもお遊びのつもりらしい彼から逃げようと、必死に走り続ける。

意外なほどの速さで、あたりはみるみる暗くなっていった。

それが日没《にちぼつ》のせいだということと、無意識に森の奥に入り込んでいたことが理由だとわかったのは、帰り道もわからないほど無闇《むやみ》に走った後のことだった。

夜のとばりに覆《おお》われた森に、ホーホーと不気味な鳴き声が響《ひび》いている。

なるべく耳に入れないようにしながら、セシリアは藁《わらし》を敷いた床《ゆか》に縮こまって座っていた。

「――よし、これでいい」

小さな暖炉《だんろ》に火を入れていた伯爵《はくしゃく》が満足げにつぶやく。くるりと振り返った彼は、にこやかに笑いかけてきた。

「大丈夫ですよ、リヒャルトが捜《さが》してくれてますから。きっと煙《けむり》に気づいて来てくれますよ」

セシリアは何も言わずうつむく。いつものように知らんふりしてやるつもりが、どうにも調子が出ない。

結局逃げ切ることはできず、しかも必死に走ったせいで森の奥へと入り込んでしまい、帰れなくなってしまった。幸いすぐに森小屋が見つかり、助けが来るまでそこで過ごすことにしたのだが、どうにも心細くて仕方がない。一緒《いっしょ》にいるのが伯爵というのも落ち着かなかった。

(どうして怒《おこ》らないのかしら……。怒らないにしても、嫌な顔くらいしてもいいのに)

彼だって暗い森に迷い込んで怖《こわ》いはずなのに、少しもそんなそぶりを見せず、それどころか楽しそうにも見える。

「わー、大きな鎌《かま》がありますよ、殿下《でんか》。死神が持ってるやつみたいですねえ。誰が使うんだろう。離宮の管理人かなあ」

小屋の中を家捜《やさが》ししては興味深げにあれこれ眺《なが》めている伯爵を横目に、セシリアはうつむいて考え込んでいた。

いつもの調子が出ないのは、きっと彼に対して申し訳なく思っているからだ。だが素直《すなお》に謝る言葉が出てきそうにない。むっつりと黙り込んで下を向いているしかなかった。

(迷惑《めいわく》をかけたのに、さっきは嫌《きら》いだなんて言ってしまったし……)

さすがに夜の森は怖くて、思わず『帰りたい』ともらしてしまったのだが、「帰るのが嫌だから家出なさったんじゃ？」と笑顔《えがお》で切り返されてしまい、ついカッとなって『あなたなんか嫌い』と帳面に書いてしまった。

それにもかかわらず、彼は怒るどころか能天気にあれこれと話しかけてくる。最初のうちは受け答えをしていたセシリアだが、「リヒャルトをアルテマリスに引き留められたら、ぼくのことも好きになって」だのとふざけたことを言われ、からかわれたのが腹立たしくて相手をするのをやめた。

（……でも、ほんとうにいなくなってしまうのかしら。あの人……）

リヒャルトの私生活については詳《くわ》しくは知らない。シアラン出身ということと、祖国の話題が出るととても怖い顔をするということくらいだ。何か深刻な事情があるようで、訊《き》くことはできなかったが、ひそかに気になっていた。

セシリアが生まれたのもシアランである。もっとも、当時のことはほとんど覚えていない。大きな政変があって、国を治める大公が代《か》わった。セシリアは家族のもとを離《はな》れていたから何も実感がなかったし、それきり家族には会えていないのだが、大変な事件だったらしい。

（ラドフォード卿も、その事件でひどい目に遭《あ》ったのかもしれないわ……）

もしそうなら、同じシアラン人同士、励《はげ》ましてやることもできるかもしれない。だが実行はできなかった。セシリアがシアラン公女だったことは絶対の秘密になっているのだ。

ひょっとしたら彼は事情を知っているのかもしれない――むしろ知っていて守ってくれてい

るようだったが、しかしこちらからは言い出せなかった。

(たぶん、わたくしが言ってはいけないことなんだわ。あの人はきっと、また悲しい顔をするのではないかしら。知らないふりをしていないとだめなんだわ)

なぜそう思うのかは自分でもわからない。だがリヒャルトを悲しませるのは嫌だった。

初めて会った日、泣き出しそうな顔で抱《だ》きしめられたことがずっと心に残っていた。どうして知らない人にそんなことをされるのかとあの時は不思議だったが、別に嫌な気持ちもしなかったのを覚えている。

「それにしても、結構冷えますねえ。殿下」

急に呑気な声がして、セシリアは我に返った。無意識に考え事に没頭《ぼっとう》していたらしい。

目をやれば、伯爵がにこっと笑いかけてくる。好きになって、と言われたことを思いだし、セシリアは慌《あわ》てて横を向いた。しかし伯爵はめげた様子など微塵《みじん》もなく、少し間を置いてまた話しかけてきた。

「王宮を出て行かれたのは、侯爵《こうしゃく》夫人たちのことが原因ですか?」

どきり、と胸が大きく鳴る。なんでもないような口調で突然《とつぜん》切り出されたものだから、咄嗟《とっさ》に繕《つくろ》えなかった。

「彼女たちが二度と白百合《しらゆり》の宮に来ないとわかったら、王宮に戻ってくださいますか?」

「……」

「ひょっとして、他《ほか》にも何かお嫌なことがありました?」

次々と質問され、セシリアはうつむいて黙《だま》り込む。リヒャルトや侍女《じじょ》たちはその件については一度も触《ふ》れなかった。だから安心していられたのに、伯爵はずけずけと言葉に出して追及《ついきゅう》してくる。そのせいで、忘れていたことを思い出してしまった。

(やっぱり、無神経だわ……)

怒る気力すら出てこない。油断したら代わりに涙《なみだ》が出てしまいそうだったので、ぎゅっと唇《くちびる》を嚙《か》んで堪《こら》える。

すると、膝《ひざ》をつかんでいた手にそっと手が重なってきた。驚《おどろ》いて顔をあげると、伯爵が微笑《ほほえ》んで見ていた。

「ご安心を、殿下。ここに来る前、彼女たちに話をつけました。陛下に言いつけてたっぷりお説教していただきましたよ。もう絶対に白百合の宮には足を踏《ふ》み入れないそうです。ついでに反省文も書いてもらいました。ま、読みたくはないでしょうけど」

意外な展開に目を見開くセシリアに、彼は軽くうなずいた。

「ですから、戻《もど》ってきてくださいませんか。もう殿下に意地悪をする人は誰もいなくなりましたから」

「……」

言われた事実を自分の中でかみしめ、セシリアは帳面を開く。なんとか片手で用意をしてペンを走らせた。

『そんなことをしたらだめよ。あなたがあの人たちに嫌われてしまうわ』

彼女たちは皆《みな》、伯爵の信奉者《しんぽうしゃ》だ。王女を庇《かば》って彼女たちを敵に回すなんて信じられない。彼女らといつも楽しそうに戯《たわむ》れていた彼なのに――。

そんな思いで焦《あせ》りながらセシリアは帳面を見せる。すると、文面を見た伯爵は少し怪訝《けげん》な顔をし、軽く笑って首をかしげた。

「だから？」

（だ……だから？）

予想外の返事に、目をぱちくりさせる。だが続いた言葉にはさらに驚いた。

「殿下の名誉《めいよ》を汚《けが》してまで彼女たちの機嫌《きげん》を取りたいとでも？　ぼくは基本的に来る者は拒《こば》まずで女の子はみんな好きですが、彼女たちのような勘違《かんちが》いやさんはお断りです」

そう言って伯爵は、珍《めずら》しく苦笑《くしょう》するような笑みをした。

「何をそんなにびっくりしていらっしゃるんですか？　こっちのほうがびっくりしましたよ。アルテマリスにおいて殿下より尊い身分にあられる女性は、王太后さまと王妃《おうひ》さま、そして殿下のお母様をはじめとしたお妃様方だけなんですよ。それを忘れてるようなお間抜《まぬ》けさんたちは宮廷《きゅうてい》にいなくてもいいんじゃないかなあって、ちらっと陛下に申し上げただけです。――ひょっとして、殿下も忘れていらっしゃいました？」

目を丸くするセシリアを、伯爵は笑って見つめる。

「だったら、もう二度と忘れないでくださいね。ぼくやリヒャルト――あなたの傍付きの騎士《きし》にとっては、誰《だれ》よりもあなたが一番尊い、敬愛をささげる対象なんです。あなたはいつだってひとりぼっちじゃないんですから」

「……」

そんなふうに優《やさ》しい言葉をかけられたのは初めてで、セシリアはぽかんとしてしまった。

意地悪ばかり言う彼のことだから、侯爵夫人たちと一緒になって王女を嗤《わら》っていたのかもしれない――そう思っていたのに、まさか彼女たちを追い出したなんて。そんな過激なことをする人には見えなかったから二重にびっくりした。

（いつもおちゃらけてばかりいるのに……。意外と、まじめなの？）

女性に愛され、もてはやされる存在。彼もそれを楽しんでいるのは見ていればわかる。そういう厳しい一面があることを、彼の信奉者である女性たちの何人が知っているだろう。

（たしか、こういうのを〝秩序《ちつじょ》をたっとぶ〟というのだったかしら……。で、でも、いまの話がほんとうなら、わたくしのためにやってくれたことだし……もしこれで彼女たちが敵になってしまったら、伯爵《はくしゃく》は困るんじゃないかしら……）

とにかく、お礼を言うべきだろうか。もじもじしながら迷っていたが、そういえばさっきからずっと手を握《にぎ》られていることを思い出し、目をむいて彼を見上げた。

「え？　ああ、だって、寒いんですもん」

「……っ」

「つないでれば少しは暖かいですし、助けが来るまでこうしていてくださいませんか？」

伯爵が微笑む。セシリアはむすりとしていたが、仕方ないというふうに小さくうなずいてみせた。——本当は自分も心細かったのだとは、さすがに言えない。

パチッと薪《まき》がはぜる。間が持たなくて気まずい思いでいるセシリアに、伯爵は世間話の続きのような口調で話しかけてきた。

「それにしても、嬉《うれ》しいですね。ご自分のことよりもぼくの身を案じてくださるなんて。殿下はお優しい方だなぁ」

なんのことかと彼を見れば、にこやかに視線が返ってくる。

「でも、もう少しだけでいいので、ご自分に自信を持たれたらもっと素敵《すてき》だと思いますよ。せっかくそんなに可愛《かわい》いんですから」

「……!?」

またからかうつもりか、とにらみつける。伯爵は微笑んで少し首をかしげた。

「本当ですよ」

どきっ、と胸が鳴る。セシリアは瞬《また》き、慌てて目をそらした。いつになく瞳《ひとみ》が真摯《しんし》な気がして——その笑顔が恰好《かっこう》よく思えてしまった。

(な、なによ。……いつもは意地悪なくせに)

怒《おこ》ったような顔で頬《ほお》を赤らめながら、内心つぶやく。

意地悪ばかり言う冷血男なのに、彼の掌《てのひら》はなぜだかとても温かかった。

結局、捜《さが》しにきてくれたリヒャルトと合流して離宮《りきゅう》に戻ったのは翌早朝のことだった。

いつのまにか眠《ねむ》り込んでいたためよく覚えていないが、後から聞いた話ではリヒャルトにおぶわれて帰ってきたという。夜通し捜しておられたのですよ、とローズに言われ、セシリアは申し訳なさでうなだれながら彼のもとに向かった。

教えられたのは同じ階の端《はし》にある従者の部屋だった。リヒャルトは大抵《たいてい》そこに詰《つ》めているという。おずおずとノックしてみたが返事がなかったため、思い切って扉《とびら》を開けてみた。

飾《かざ》り気のない狭《せま》い部屋には、机と椅子《いす》、そして長椅子がある。寝台《しんだい》すらないその部屋で、彼は長椅子に仰向《あおむ》けに横たわっていた。片腕《かたうで》で軽く顔を覆《おお》うようにしている。どうやら眠っているようだ。

（わたくしをさがして、少しも眠っていなかったのだわ……）

ますます良心が痛み、しょんぼりしながら中へ入る。せめて掛布《かけふ》くらいかけてあげようと思い、見回しながら扉を閉めようとした。

瞬間《しゅんかん》、ぴくっとリヒャルトが身じろぎした。手を除《の》けてこちらに顔を向けたのを見て、セシリアは思わず立ち止まる。

（いけない、起こしてしまった？）

そんなに大きな音を立てたつもりはないのだが、睡眠《すいみん》を妨害《ぼうがい》してしまったことには変わりない。どうやって切り出そうかと固唾《かたず》を呑《の》んで見つめていたが、やがて異変に気づいた。

（……？　どうしたのかしら？）

じっとこちらを見たままリヒャルトは動かない。ぼんやりした表情だが目は開いているから、眠っているわけではなさそうなのだが――何か変だ。

見つめられているせいで動けずにいるセシリアに、彼はふっと微笑むと、手を差し出した。

「おいで」

「……！」

思いがけない一言に、セシリアは目を瞠《みは》った。

礼儀正《れいぎただ》しい彼からは考えられない言葉遣《ことばづか》いだ。それでいて、いつもと同じ――いやいつもよりいっそう温かい響《ひび》きをしていた。

予想外のことに頰を赤らめて固まるセシリアを、リヒャルトもぼーっと見つめている。彼が待っているようなので、そろそろと近づいてみた。

（怒っているのかしら。はやく、ごめんなさいって言わないと――）

落ち着かない心地《ここち》で考えていると、ふいに頰に触《ふ》れられた。

びっくりする暇《ひま》もなく、そっと抱《だ》き寄せられる。

「……もう、一人でいなくなったらだめだよ」

かすれたような声で優しく言われ、セシリアは棒立ちになった。

（え……？）

どうして急にそんな口調をされるのか、わけがわからず、勝手に顔が赤くなっていく。

そのままどれくらい時間が経《た》っただろう。——ふと我に返ったように瞬いたリヒャルトが、一瞬《いっしゅん》間をおいて、勢いよく身体《からだ》を離《はな》した。

目を丸くするセシリアの前で、彼は少し焦ったように頭を押さえ、椅子を下りて床《ゆか》に跪《ひざまず》く。

「——失礼しました、申し訳ありません。ご無礼をお許しください」

声も言葉遣いもいつもの彼に戻っている。セシリアはどきどきしながら帳面を取り出した。

『ねぼけたの？』

書き付けた文字を見たリヒャルトが、自己嫌悪《けんお》のような顔つきでうなずく。

「……はい」

珍しく動揺《どうよう》しているふうの彼をセシリアは意外な思いで見つめた。そんなに慌《あわ》てているのを見たのは初めてだったが、なぜか懐《なつ》かしいような気持ちがした。

ずっと昔、同じように誰かに手招きされたことがあるような——。

「おはようございます、王女殿下《でんか》！」

突然《とつぜん》背後で声がして、セシリアは飛び上がった。

振《ふ》り向けば、案の定、伯爵がにこにこ笑って立っている。おかげで一瞬にして懐かしさは吹《ふ》き飛んでしまい、セシリアは思わずリヒャルトの陰《かげ》に隠《かく》れた。気にした様子もなく、伯爵がにこやかに続ける。

「昨夜はよくお休みでしたね。今朝のご気分はいかがですか？」

「……」

「──殿下。昨夜は彼が殿下を守ってくれたんですよ」

諭《さと》すようなリヒャルトの言葉に、セシリアはむうっとふくれて下を向く。

結果的に迷惑《めいわく》をかけたことも、侯爵《こうしゃく》夫人たちの件で動いてくれたことも、言うべきことはわかっていた。ただ、切り出す頃合《ころあ》いが見つけられなかったのだ。

仏頂面《ぶっちょうづら》のまま帳面にペンを走らせ、くるりと返してそれを見せる。

『ありがとう。迷惑かけてごめんなさい』

文面を見た伯爵は、にこっと笑った。

「いえいえ、いいんですよ。可愛い寝顔《ねがお》も見られましたしね！」

（……寝顔？）

そんなもの見られた覚えがない。絶句するセシリアをよそに、伯爵はさらに続ける。

「お寒くありませんでしたか？　この季節とはいえ、昨夜はけっこう冷えましたからねえ。ま、ぼくがこの両手で抱《だ》きしめて差し上げたので、殿下はすやすやお休みでしたけど」

「──⁉」

セシリアは目をむいた。伯爵のまぶしい笑顔《えがお》を見ているうち、みるみる頬が熱くなっていく。

（だ……抱き……⁉）

そんな恥《は》ずかしいことになっていたなんてまったく知らず、呑気《のんき》に寝ていただなんて。しかもこの男は何をそんなに嬉しそうに暴露《ばくろ》してくるのか。子どもだと思って馬鹿《ばか》にしているのか──。

(この……っ、無神経男っっ!!)

咄嗟《とっさ》に、リヒャルトが枕《まくら》にしていたクッションをつかんで投げつける。つい無意識での行動に、セシリアは投げた瞬間はっとした。

(いけない！　また——)

しかし伯爵《はくしゃく》は難なくそれを避《よ》けると、こちらを見てにやりと笑った。

「ふふ……。ずいぶんお元気になられて、嬉しいですねえ」

「！」

からかうような言い方に、カッとなって次は水差しを投げつける。伯爵がそれすらも余裕《よゆう》の笑みでかわしたので、セシリアはむきになって椅子をつかんだ。

殿下、とリヒャルトがびっくりしたように止めたが、伯爵のほうはいかにも楽しげに声をあげて笑った。

「本当によかった。これで安心して御前《ごぜん》を離れることができます」

椅子を振りかぶって、思わず動きが止まる。

(……え？)

セシリアはぽかんとして伯爵を見つめた。——御前を離れる？

「秋から大学に入ることになりまして。今までのように両立は難しそうだということで、殿下の傍付きはお役御免《やくごめん》となったんです。お迎《むか》え役を申し出たのは、この件をお伝えしたかったからというのもあったんですよ」

なのに殿下ったらいなくなってしまわれるんだから、と伯爵がけらけら笑う。セシリアは呆《ぼう》然《ぜん》としてその呑気な笑顔を凝視《ぎょうし》した。

「いやー、殿下がお寂《さび》しく思われるのは心苦しいのですが、ぼくにも家の事情みたいなものがありましてねえ。一応跡《あと》取り息子《むすこ》を自認《じにん》しているので、いろいろやることをやっておかないといけなくって」

「……っ」

アハハと笑っている伯爵をよそに、セシリアはリヒャルトを見上げた。彼が黙《だま》ってうなずいたのを見て、ようやくこれが現実なのだと自覚する。

（いなくなるの……？　伯爵……）

憎《にく》たらしくて仕方なかった人だが、どこかへ行ってしまうというのは想像していなかった。

立ちつくす王女に、伯爵は微笑《ほほえ》んだままうやうやしく一礼する。

「短い間でしたがとっても楽しかったです。どうぞこれからもお元気で――王女殿下」


そうして、伯爵は本当にいなくなってしまった。

笑い話のようだが、それ以降、白百合《しらゆり》の宮はまさしく火が消えたように静けさを取り戻《もど》した。彼目当てでやってきていた令嬢《れいじょう》や貴婦人らの訪問もなくなり、侍女《じじょ》たちも憧《あこが》れの対象を失って

消沈《しょうちん》している。それだけでも伯爵がいかに人心を集めていたのかわかるというものだ。

そして最大の天敵が消えたセシリアも、それは例外ではなかった。

「フレデリックさまは、今ごろ何をしていらっしゃるのかしらね」

「一日一度はあの華麗《かれい》なお姿を拝見しないと、生きている実感がわかないわ」

午後のお茶の時間。背後に控《ひか》えた侍女たちが嘆《なげ》きあっているのを聞き流しながら、セシリアはぼんやりとしていた。

あんなにも大嫌《だいきら》いで、消えてしまえばいいと何度も思った。腹が立つあまりに、いない者として無視したことなどしょっちゅうだ。それほど疎《うと》ましかったのに——今のこの状況《じょうきょう》をあまり喜べない自分がいる。

(うるさい人がいなくなったら、もっとせいせいするものだと思っていたわ……)

意地悪をされて悔《くや》しく思うこともなく、うさんくさい笑顔でからまれるのを鬱陶《うっとう》しく思うこともなくなった。取り戻したかった平和な日常が帰ってきたのだ。それなのになぜ自分はこんなに鬱々《うつうつ》としているのだろう。

「けれど、フレデリックさまも大変よね。この若さで大学に行かれるなんて。本来ならまだ学院生のお年頃《としごろ》でしょう?」

「まあ、飛び級自体は珍《めずら》しくないそうだけれど。フレデリックさまの場合は祖母君への対策のようよ」

「まだお認めになってないんですってね。公爵閣下《こうしゃく》の跡《あと》を継《つ》がれること」

侍女たちのおしゃべりが耳に入ってきて、セシリアはそちらを見た。

(伯爵のお父さまはベルンハルト公爵だけれど……祖母君への対策って？)

『それってどういうことなの？』

急いで書いて帳面を見せる。侍女たちは驚《おどろ》いたように口をつぐんだが、珍しく王女のほうから話しかけてきたのが嬉《うれ》しかったらしく、話を続けてくれた。

「フレデリックさまは、祖母君と、その……あまり仲がよろしくないのですって。それで、公爵家の嫡子《ちゃくし》としてお認めになられていなくて」

「基本的に、嫡子でなければ跡継ぎにはなれませんからね。認められるために、大貴族の子息として必要なことはすべてなさるおつもりなのだと思います」

近年、大学に進むのは上流階級の子弟《してい》にとって義務のようになっている。とはいえ、まともに学問に励《はげ》む者がすべてとはいえないらしいのだが、それゆえに短期間でさえ在籍《ざいせき》しない者には変わり者の烙印《らくいん》が押されるのだと侍女たちは説明してくれた。

(そういえば伯爵も、家の事情だとか言っていたけれど……。それにしても、こんなに早くに入学する必要があるのかしら。いくら祖母君と仲が悪いからって——)

彼の祖母は先代国王の妃《きさき》だった人だ。セシリアが知っている情報はそれくらいだった。

『なぜ仲が悪いの？』

帳面を見た侍女たちが、躊躇《ためら》うように目を見交《みか》わす。

『だれにも言いつけたりしないから、おしえてちょうだい』

　セシリアが重ねて頼《たの》むと、彼女らはおずおずとうなずいた。

「フレデリックさまのお母様は、貴族の方ではないんです。祖母君――デルフィーヌ様はそれがお気に召《め》さないようですわ。閣下に引き取られた後も孫だと認めておられないそうです」

「グリンヒルデのお屋敷《やしき》には一度も入ったことがないのですって。以前は王宮にさえデルフィーヌ様が出入りを禁止されていたとか。他《ほか》にもいろいろ嫌《いや》がらせをなさっているようですよ」

「普段《ふだん》は無視なさっているのにね……。フレデリックさまがお気の毒でならないわ」

「通常の入学年齢《ねんれい》より早く学院に入られたのも、あの政変のせいだけじゃなくてデルフィーヌ様の魔手《ましゅ》から逃《のが》れるために閣下が手配されたそうよ。ひどい話よね」

　伯爵に入れ込んでいるせいもあるのだろう、侍女たちの言葉は明らかに彼に同情している。

　何もかもが初めて知ることばかりで、セシリアは神妙《しんみょう》な顔になった。

（そんな環境《かんきょう》にいるのに、どうしてあんなにばかみたいに明るいのかしら……）

　普段の彼を見ていただけでは、そんな境遇《きょうぐう》にあるなんて夢にも気がつかなかった。

「けれど、そんな嫌がらせも悪い噂《うわさ》も、フレデリックさまは気になさらないんです。それどころか返り討《う》ちになさるんですって」

（えっ）

　返り討ちとは穏《おだ》やかでない。あの呑気そうな伯爵にそんなことができるとは思えないが。

「あからさまに仕返ししては宮廷《きゅうてい》でも反発を招くかもしれませんけれど、フレデリックさまはじんわり静かにやり返されるので、デルフィーヌ様は地味に痛手を受けていらっしゃるとか」

「それをまたすごく楽しげになさるのがいいのよねえ。さすがフレデリックさまって感じで」

「そうそう。身内との確執《かくしつ》、骨肉の争い――となるところを、むしろお祖母様《ばあ》との交流の一つだって楽しんでいらっしゃるんだもの。颯爽《さっそう》としておられるわよねえ」

「そういうところが最高に素敵《すてき》なのよね！」

話しているうちに盛り上がってきたらしく、侍女らは王女そっちのけできゃっきゃとはしゃぎ出してしまう。

セシリアは咎《とが》めなかった。なんとなく、伯爵が支持される理由がわかったからだ。そして、気づいた事実に少し打ちのめされてもいた。

（わたくし、伯爵のことをなにも知らなかったのね……）

興味を持っていると思われるのが癪《しゃく》で、何一つ彼のことを訊《き》かなかったのだ。だから意地悪な能天気男の印象しかない。よくよく振《ふ》り返れば助けられたことや守られたこともあったはずなのに。自分は表面しか見ていなかったのだ。

（短い間とはいえ、あの人は専属の騎士《きし》として仕えてくれたのに。わたくし、ぜんぜん良い主《あるじ》ではなかったわね……）

おそらくこの時が初めてだったかもしれない。

自分が主として臣下に傅《かしず》かれる立場にあることを、セシリアがはっきり自覚したのは。

秋が過ぎ、冬を迎えようとしていた。

相変わらず日々は静かだった。変わったことといえば、今まで避《さ》けていた事柄《ことがら》に少しずつ取り組むようになったことだろう。勉強の時間からも逃《に》げず、侍女たちと手芸をたしなみ、以前は断っていた週に一度の王家の食事の席にも出るようになった。

「近頃《ちかごろ》、姫《ひめ》らしくなってきたな。よいことだ」

食事会で顔を合わせる時、国王はいつも機嫌《きげん》がよかった。

ひょっとして国王にも心配をかけていたのだろうかと、セシリアはぼんやり思う。白百合の宮に閉じこもっていないで、もっと話しかけるようにしてみたら、すべてはいろいろと変わっていたのかもしれない。

「それはそうでしょう。年が明けたら十一ですよ」

話を受けるように口を挟《はさ》んだのは、長兄《ちょうけい》である王太子だ。歳《とし》が離《はな》れている上に、あまりにも綺麗《きれい》すぎて冷たい感じがしてしまい、怖《こわ》くてほとんど近寄れずにいた人だった。それなのに、彼のほうはセシリアの年齢や誕生日を知っていてくれたらしい。

「ん……？　そういえば、最近はよくこちらに来るようになったな？」

「そういえば、って。今ごろ気がついたの、ヴィルったら」

あなたの妹でしょう、と王妃《おうひ》がおかしそうに笑う。ヴィルフリートは真面目《まじめ》な顔つきだ。

「これからもちゃんと来るのだぞ？　来なかったらおまえのぶんの食事が無駄《むだ》になるからな」

「……」

セシリアはこくりとうなずいた。

声が出せないと会話ができない。筆談するのが億劫《おっくう》で、こんな集まりをずっと避けていた。けれども、理由はどうあれ王女なのだから、自分の好きなことばかりしていてはいけない。

──あなたの傍付きの騎士にとっては、誰《だれ》よりもあなたが一番尊い、敬愛をささげる対象なんです──。

伯爵《はくしゃく》が言ってくれたあの言葉を思い出すと、今のままではいけないと思うようになったのだ。彼はもう、セシリアの騎士ではなくなってしまったけれど。

「セシリア。誕生祝いというわけではないのだがな」

ぶどう酒を傾《かたむ》けていた国王が、杯《さかずき》を置いて切り出した。

「ジークの言ったように、そなたも十一になる。これを機に騎士団をつけることにした」

（……騎士団？）

二人の兄にも専属の騎士団がついている。良家の子弟で固められた部隊で、ヴィルフリートのお供でついてきた若い騎士を見たことがあるが、美々しい者ばかりだった。

「すでに叙勲《じょくん》を済ませている。リヒャルトもいるから安心だろう。そうだな──、誕生日の日に引き合わせるとしようか。これも一つの記念だ」

上機嫌な国王の言葉に、セシリアは黙《だま》ったままもう一度うなずいた。

食事会からの帰り、セシリアはリヒャルトに頼んで少し寄り道することにした。といっても白百合《しらゆり》の宮周辺の庭を歩くだけの、ささやかなものである。

（まさか、わたくしにも騎士団をつけてくださるなんて。ほんとうの子どもではないのに、いいのかしら）

騎士団がつくと言われても、ぴんとこない。それが良いことなのかもいまいちわからなかった。ただ言えるのは、国王にそれだけ大事にされているらしいこと、そしてその騎士団に伯爵はいないということだ。

セシリアは無言のまま小道を歩く。隣《となり》には優《やさ》しい騎士がいて、侍女《じじょ》たちの目も気にしなくていい時間。以前なら何よりも安らげたはずなのに、何かが物足りないような気がしてしまう。

殿下《でんか》、とリヒャルトが穏やかに言った。

「彼にお手紙を書かれてはどうですか？　きっと喜びますよ」

王女が沈《しず》んでいる理由に彼はとっくに気がついているようだった。セシリアはじっと黙りこみ、頭《かぶり》を振った。

（そんなこと、できるわけがないじゃないの……）

書いたとしても、はたしてリヒャルトの言うとおり伯爵は本当に喜ぶだろうか。きっと彼のことだから大学に進んだ今も女性たちの人気を集めていることだろう。自分の手紙なんてその他大勢に埋《う》もれてしまうに違《ちが》いない。いつになっても返ってこない返書を待ち続けるなんて、そんな悲しいことはしたくなかった。

日常生活では少し前向きになれたのに、彼のことになると臆病《おくびょう》になる。これはやはり、彼のことが嫌《きら》いだからだろうか？

「責任を持って私が届けてきますよ。返事ももらってきます」

なだめるように優しくリヒャルトが言ったが、セシリアは頑《かたく》なに首を振った。

もう思い出したくない。手紙を出したところで、どうせ彼は戻《もど》ってはこないのだから。

リヒャルトも黙ってしまったので、セシリアは黙々《もくもく》と散歩を楽しんでいるふりをした。

しばらくそうやって歩いていたが、ふと見覚えのある風景に気づき、あたりを見回す。

（あ……）

冬でも葉が落ちない樹木の、短い並木道。紅葉《こうよう》しない濃《こ》い緑の葉を繁《しげ》らせ、まるでここだけ季節が違うようだ。

そこは、初めて伯爵と会った場所だった。

白百合の宮から意外なほど近い。一年前の自分はこんなところで迷子になっていたのかと思いながら、樹上を見上げた。

――そこの赤ずきんちゃん。

笑《え》みをふくんだ涼《すず》しげな声がよみがえる。

――そんなところで、ひとりぼっちでどうしたの？

あの夢のような出会いは今でもありありと思い出せた。目を凝《こ》らせばまたそこに座っているのではと、思わず息を詰《つ》めて見つめる。

だがもちろん現実は、乾《かわ》いた葉ずれの音が聞こえるだけだ。

その響《ひび》きがいっそうもの寂《さび》しさをかきたて、セシリアは我慢《がまん》できずにリヒャルトにしがみついた。殿下、と驚《おどろ》いたような声が降ってきたが、返事などできなかった。

(あの人が悪いのよ。わたくしに意地悪ばかりしていたくせに、急にいなくなるから)

あんなに憎《にく》らしかったのに、なぜこんな気持ちを味わわなければならないのか。

(まだ仕返しもしていないのに——ぎゃふんと言わせていないのに)

それなのにいなくなってしまうから、勝ち逃げされたようで悔《くや》しいから、だからこんなふうに涙《なみだ》が出そうになるのだ。

(あんな人、大嫌《だいきら》い……)

懸命《けんめい》に泣くのをこらえる。何もかもわかっているような優しい手が頭を撫《な》でてくれた。

「……やっぱりフレッドがいないと——」

ぽつりとリヒャルトがつぶやいたが、セシリアには何を言ったのかわからなかった。


年が明けて十一回目の誕生日がやってきた。

いつも静かな白百合の宮が久々に華《はな》やいでいる。侍女たちはそわそわと落ち着きがなく、慌《あわ》ただしげに行き交《か》っていた。

「よくお似合いですわ。姫様」

鏡の中の王女を見てローズが感嘆《かんたん》の声をあげる。今日はいつもより大人っぽい色にしましょうね、と彼女たちに着せられたのは、深みのあるぶどう酒色のドレスだった。淡《あわ》いピンクと白のリボンが効いている。セシリアは軽くうなずき、部屋を後にした。

隣の棟《とう》にある広間にはすでに騎士たちが待っている。先導の侍女について歩きながら、ひそかに深呼吸を繰《く》り返した。

(知らない大人の男の人が大勢集まっているのよね……。でも、ラドフォード卿も騎士団にいると言っていたもの。彼がいるなら、だいじょうぶ)

「姫様、わたくし、さっき偵察《ていさつ》に行ってきたのですけれど」

緊張《きんちょう》する自分にそう言い聞かせていると、ローズがそっと耳打ちしてきた。

「筋肉自慢《じまん》の方ばかりで、ちょっと暑苦しそうでしたけれど……皆《みな》さん、悪い方ではなさそうでしたわ。ご安心くださいませ」

「……」

なんだかますます緊張が増してしまい、セシリアはごくりと喉《のど》を鳴らした。

広間は明らかにいつもと違う雰囲気《ふんいき》がただよっていた。低く太い声のざわめきは、これまでの白百合の宮にはなかったものだ。

おそるおそる足を踏《ふ》み入れると、そこは、まるで別世界だった。

奥に設けられた王女の席まで赤い絨毯《じゅうたん》の道ができている。その両側に居並ぶのは正装し帯剣《たいけん》した男性たち。見上げるほど大きく、ローズが言ったとおり筋骨たくましい者ばかりだ。

そして、部屋中に飾《かざ》られているのは白い薔薇《ばら》――。

(ほんとうに、大きな人ばかりね……)

騎士《きし》たちの姿に圧倒《あっとう》されながらセシリアは席についた。すぐ近くに控《ひか》えていたリヒャルトが微笑《ほほえ》んだのを見て、少し安心する。彼が隊長なら彼らともなんとかやっていけそうだ。

(こんなに大きな男の人ばかりとは思っていなかったし……、……そうじゃない人もいるようだけれど……、な、なんだか、変わっているようね)

黒猫《くろねこ》を肩《かた》に乗せて立ったまま居眠《いねむ》りしている青年を見つけ、面食《めんく》らった時だった。

突如《とつじょ》、広間の入り口に白い花びらが舞《ま》った。

どこからともなく音楽が鳴り響き、セシリアはぎょっとしてそちらを見る。

(な、なんなの？)

それまで大人しかった侍女たちが、きゃあああっと黄色い悲鳴をあげる。久しぶりに聞くその歓声《かんせい》は、ある種の懐《なつ》かしさをもたらすものだった。

(え……？　まさか――)

セシリアは目を瞠《みは》った。

ふいに入り口に現れた人影《ひとかげ》、きざな仕草がやたらさまになる彼がまぶしい笑顔でゆっくりと歩いてくるのを、穴の開くほど見つめる。

きらめく金色の髪《かみ》、憎らしいほど綺麗《きれい》な顔、うさんくさい笑み、楽しげな声。

「――ごきげんよう、王女殿下。おひさしぶりですがお元気でしたか？」

半年前と何一つ変わっていない彼が、そこにいた。

いや、正確には、大いに変わっていた。青い羽根帽子《ぼうし》とマントを身につけ、胸に白百合を挿《さ》している彼は、セシリアの知っている彼よりも大人になっていた。

（……伯爵《はくしゃく》……）

呆然《ぼうぜん》として見つめる王女に笑みを向け、伯爵が胸に手を当てる。

「このたび白百合騎士団団長を拝命しました、フレデリック・ベルンハルト伯爵です。あらためましてよろしくお願いします、王女殿下」

大げさな身振《みぶ》りで一礼すると、彼は背後に居並ぶ騎士たちを軽く示した。

「ぼくが集めた精鋭《せいえい》ぞろいですよ。頼《たの》もしそうでしょう？　顔は恐《こわ》いかもしれませんがみんな優しいので、どうぞご安心を」

紹介《しょうかい》された騎士たちが、やる気満々といった様子で笑顔を向けてくる。確かに皆、人は好さそうな者ばかりだ。

突然《とつぜん》のことに面食らいながら、セシリアは急いで侍女《じじょ》から帳面を受け取った。

『大学はどうしたの』

いくら飛び級ができるといっても、さすがに半年で修了《しゅうりょう》はできないだろう。やることをやっておかないといけないと自ら言っていたくらいだから、半端《はんぱ》なことをするとも思えない。

すると、帳面を見た伯爵は、あっけらかんと答えた。

「やめちゃいました」

（……やめた？）

そんなにあっさりやめていいものなのか。祖母への対抗策《たいこうさく》として進学したらしいという侍女たちの話は、ただの噂《うわさ》とは思えなかったが――。

『やめてもいいの？』

焦《あせ》りながら帳面を見せるセシリアに、伯爵は笑ってうなずく。

「職務が最優先ですからね。姫君《ひめぎみ》をお守りするのは勇者を目指す者として当然のことです」

「……」

（騎士団長になるから、大学をやめたということ……？）

おちゃらけた言いぐさは相変わらずだが、それはつまり、セシリアのためにやめたということにならないだろうか。

国王からそう命令されれば、もちろん彼には拒《こば》む術《すべ》はない。だからといって大人しく命令に従う人にも思えなかった。けれど実際に彼はここにいて、別段嫌《いや》そうなそぶりも見せずにここにこ笑っている。

（……ほんとうに、そうなの？　わたくしのために……？）

知らず知らず、頬《ほお》に熱がのぼっていく。まるで物語のような展開だ。こんなことはまったく想像もしていなかった。

ぼうっとしてしまうセシリアの前に、伯爵がおもむろに跪《ひざまず》く。

「――王女殿下《でんか》にお誓《ちか》い申し上げます。わたしの生涯《しょうがい》の忠誠を殿下に捧《ささ》げますこと、今日これより殿下のしもべとなりますことをお許しください」

帽子を取って頭を垂れ、伯爵が口上を述べる。彼の背後に居並んでいた騎士たちも一斉《いっせい》に同じく跪いた。ザッと音が動き、彼らのマントがふわりと広がる。統率《とうそつ》のとれたさまは、彼らがすでに王女の騎士として訓練を受けていることをうかがわせた。神々《こうごう》しささえ感じるその光景に、たじろぎながらも、セシリアは肯定《こうてい》の意味をこめてうなずいた。

(で、でも、なんだか申し訳ないわ。ほんとうに、これでいいのかしら……)

胸を高鳴らせながらも躊躇《ためら》いを覚えて、伯爵を見やる。彼が自分の騎士になると言ってくれるなら、ここは主《あるじ》として止めるべきではと思ったのだ。

すると、目が合った彼はにっこりと笑った。

「いやー、やっぱり王宮は最高です。可愛《かわい》い女の子がいっぱいいますしね！　大学でももちろんぼくは人気者だったわけですが、ちやほや具合は段違《だんち》いですよ。また女の子たちに愛《め》でられる日々が始まると思うと、感動の涙《なみだ》で前が見えません――！」

大げさな言いぐさとともにさりげなく流し目を送る彼に、侍女たちがきゃーっとさらなる歓声をあげる。セシリアは顔をひきつらせた。

(ま……、まさか、ちやほやされたいから帰ってきただけなの……⁉)

別の意味で顔が熱くなっていく。自分のために犠牲《ぎせい》を払《はら》って帰ってきてくれたのかと一瞬《いっしゅん》でも感動したのが馬鹿《ばか》だった。というか恥《は》ずかしいから記憶《きおく》を抹消《まっしょう》したい。

王女そっちのけで侍女たちの歓声を満足げにあびている伯爵に、セシリアがぷるぷると震《ふる》えていると、彼はにこやかに視線を戻《もど》した。

「それにしても、殿下にこんなに歓迎《かんげい》していただけるなんて！　ぼくが入ってきた時の殿下のお顔といったら、それはもう恋《こい》する乙女《おとめ》のようにお可愛らしかった……」

「!!」

「ぼくが戻ってきたのがよほど嬉《うれ》しくていらっしゃったんですね！」

一瞬虚《いっしゅんきょ》をつかれ、セシリアはすぐさま真っ赤になった。

自分はそんな顔をしていたのかとか、嬉しかったのを気づかれていたのかとか、図星を指されてしまってどうしようとか、なぜ皆の前でそれを言うかとか、あらゆる思いがぐるぐるとうずまき、やがて怒《いか》りとなって爆発《ばくはつ》した。握《にぎ》っていた肘掛《ひじか》けがバキッと音を立てる。

思わず立ち上がり、腹の底から思いを吐《は》き出した。

「……ッおだまり、この意地悪男っ！　地獄《じごく》におちなさいっっ!!」

——しん、と広間が静まりかえった。

伯爵をにらみつけたまま大きく息をついていたセシリアは、ふと気づいて口を押さえた。

（え？　……今、わたくし……）

心の中の声だけでなく、ちゃんと口から言葉が出た——？

気のせいではないのかとびっくりして見回せば、その場にいる全員が目を丸くしてぽかんとしていた。侍女たちも、新しく騎士になった青年たちも、いつも冷静なリヒャルトも、そして諸悪の根源である伯爵も。

それであらためて気づいた。これはとてつもなく大変なことなのだ。話せなかった王女が、何年かぶりに声を出すことができたのだから。

「あ……」

どうしよう、とかすれ声をあげかけ、セシリアははっと気づいて言葉を呑《の》む。

伯爵が、笑ったのだ。

その時の彼の笑顔《えがお》をなんと表現していいのかわからない。軽薄《けいはく》さも意地の悪さもうさんくささも何も見当たらない、得も言われぬ嬉しげな顔だった。

堪《こら》えきれないといったように笑みをこぼしながら、彼は胸に手を当て優雅《ゆうが》に一礼する。

「まいりました。やっぱり殿下のお声は、どんな小鳥よりもお可愛らしい」

まるで、宝物でも見つけたかのような——。

初めて見るその笑顔に、セシリアは思わず見とれた。

今まで一番素敵《すてき》だと素直《すなお》に彼のことを思った。——その瞬間に恋に落ちてしまったことには、さすがに気づくことはできなかったけれど。

まだ驚愕《きょうがく》のただ中にいる皆《みな》をよそに、一人だけ笑っていた伯爵は、しかしすぐにいつもの調子に戻った。

「賭《か》けは殿下の勝ちというわけですね。いやまったく、降参です。では殿下の勝利を祝って、ぼくからキッスのプレゼントを」

軽く片目を瞑《つぶ》り、伯爵が投げキスする。一瞬赤くなったセシリアは、彼の目に浮《う》かぶいつものからかいの色に気づき、ギッとまなじりをつりあげた。

「……その軽薄な口を閉じて、わたくしの前から消えさりなさいっ！　永遠にね!!」

本当は二度といなくなってほしくないくせに、気づけばそんなことを叫《さけ》びながら。

怒りにかられるまま、セシリアはむんずと椅子《いす》をつかんだ。

――白百合騎士団《しらゆりきしだん》発足《ほっそく》のこの日。

彼らの初任務は、嵐《あらし》が駆《か》け抜《ぬ》けた後の王女の部屋の後片付けであった。

あとがき

こんにちは、清家未森です。二冊目の短編集を出していただきました！

アルテマリス編から花嫁《はなよめ》修業編、そして過去編と、いろんなエピソードが詰《つ》まっています。一冊の中で時間軸《じく》の幅《はば》がかなりあるので、前回の短編集と同じようにちょっと補足しますね。

まずは『午後の訪問者』。『冒険』ラストの直後のお話です。ちょうどコミック版の『冒険』が最終回の頃《ころ》で、初々《ういうい》しい二人を記念して（勝手に）書かせてもらいました。こういう距離感《きょりかん》を書くのは久々で、少し苦戦したのもいい思い出です。

『姫君の宝物』。こちらは『結婚』の後のお話です。いつもはミレーユとリヒャルトが主なので、他のカップルのことを書けて楽しかったですね。シルフレイアとカインは、またじっくり書いてみたい二人です。

『内緒の追跡』。『結婚』と『挑戦』の間になります。それまではミレーユから見た宮廷《きゅうてい》の日常というパターンだったので、逆をやってみました。次の『危ない保護者』もそうですが、観察・尾行《びこう》するスタイルのお話は楽しくて好きですね。

『危ない保護者』は『潜入』の途中《とちゅう》のお話です。シアラン編はシリアス寄りだし、主人公二人やその周辺の人たちも散り散りなので、正直なところ短編は書きづらいかもと思っていたのですが、ロジオンのおかげで杞憂《きゆう》に終わりました。貴重な突《つ》っ込み役のアレックスにも、ありがとうと言いたいです。

『真夜中の料理教室』。『花嫁修業Ⅰ』の途中のお話です。『午後の訪問者』の二人と比べると、ものすごく落差があるような……あんまりないような。でも関係性はかなり変わっているので、読み比べていただくのも面白《おもしろ》いかなと思います。

『白薔薇の王子様』は過去編です。前回の短編集『伝説の勇者』に書き下ろすつもりで作っていたお話でした。余裕《よゆう》がなくてもう一つのほう（『薔薇園の迷い子』）しか書けず、ずっと残念に思っていたものです。新章に入る前になんとか出しておきたくて、お願いして書かせてもらいました。

本編とリンクしているエピソードもあるので、よかったら併せて読んでみてくださいね。

最後になりましたが、ねぎしきょうこ先生、今回も素敵《すてき》なイラストをありがとうございました。手裏剣《しゅりけん》に目が釘付《くぎづ》けです……！　大変な時期にご迷惑《めいわく》やご心配をおかけしてしまった担当様、すみません。いつもありがとうございます！

そしてこの本を読んでくださった皆様《みなさま》に。なんてことないお馬鹿《ばか》なノリの話ばかりですが、少しでも癒《いや》しになれればいいなと祈《いの》っております。どうか、楽しんでいただけますように。

清家　未森

〈初出〉

身代わり伯爵と午後の訪問者　The Sneaker　２０１０年3月号増刊「The Beans VOL.14」

身代わり伯爵と姫君の宝物　The Sneaker　２００９年9月号増刊「The Beans VOL.13」

身代わり伯爵と内緒の追跡　The Sneaker　２００９年3月号増刊「The Beans VOL.12」

身代わり伯爵と危ない保護者　The Sneaker　２０１０年3月号増刊「The Beans VOL.14」

身代わり伯爵と真夜中の料理教室　The Sneaker　２０１０年9月号増刊「The Beans VOL.15」

身代わり伯爵と白薔薇の王子様　書き下ろし

「身代わり伯爵と白薔薇の王子様」の感想をお寄せください。
おたよりのあて先
〒102-8078　東京都千代田区富士見2-13-3
角川書店ビーンズ文庫編集部気付
「清家未森」先生・「ねぎしきょうこ」先生
また、編集部へのご意見ご希望は、同じ住所で「ビーンズ文庫編集部」
までお寄せください。

身代《みが》わり伯爵《はくしやく》と白薔薇《しろばら》の王子様《おうじさま》

清家未森《せいけみもり》

角川ビーンズ文庫　BB64-15　16866

平成23年6月1日　初版発行

発行者――井上伸一郎
発行所――株式会社角川書店
東京都千代田区富士見2-13-3
電話/編集(03)3238-8506
〒102-8078
発売元――株式会社角川グループパブリッシング
東京都千代田区富士見2-13-3
電話/営業(03)3238-8521
〒102-8177
http://www.kadokawa.co.jp
印刷所――暁印刷　製本所――BBC
装幀者――micro fish

ISBN978-4-04-452415-9C0193 定価はカバーに明記してあります。